울프 와일더

바람청소년문고 9

울프 와일더 아침독서신문 선정

초판 1쇄 2019년 2월 1일 | 5쇄 2022년 8월 31일
글쓴이 캐서린 런델 | 표지그림 겔레브 웅비코 | 옮긴이 백현주
편집 김이슬 | 디자인 남철우 | 홍보마케팅 배현석 송수현 이상원 | 관리 최지은 이민종
펴낸이 최진 | 펴낸곳 천개의바람 | 등록 제406-2011-000013호
주소 서울시 영등포구 양평로 157, 1406호
전화 02-6953-5243(영업), 070-4837-0995(편집) | 팩스 031-622-9413
ISBN 979-11-87287-95-7 43840

• 이 책의 한국어판 저작권은 EYA(Eric Yang Agency)를 통해 Rogers, Coleridge and White Ltd. 사와 독점 계약한
  천개의바람에 있습니다.
• 이 도서의 국립중앙도서관 출판시도서목록(CIP)은 서지정보유통지원시스템 홈페이지(http://seoji.nl.go.kr)와
  국가자료공동목록시스템(http://www.nl.go.kr/kolisnet)에서 이용하실 수 있습니다. (CIP 제어번호 : CIP 2019002677)

• 잘못 만든 책은 구입하신 서점에서 바꾸어 드립니다. 천개의바람은 환경을 위해 콩기름 잉크를 사용합니다.
• 종이에 베이거나 긁히지 않도록 조심하세요. 책 모서리가 날카로우니 던지거나 떨어뜨리지 마세요.

제조자 천개의바람 제조국 대한민국 사용연령 11세 이상

늑대와 달리는 소녀

울프 와일더

캐서린 런델 글 · 백현주 옮김

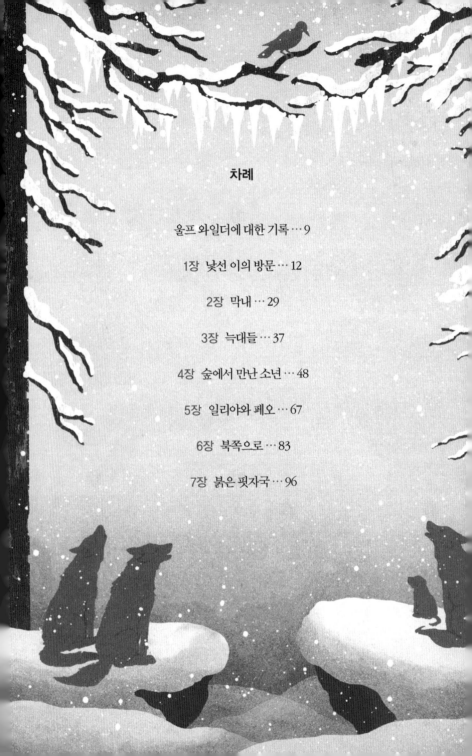

차례

재능과 용기를 가진 나의 할머니
폴린 블랜처드-심스에게 이 책을 바칩니다.

울프 와일더에 대한 기록

보통 사람들이 살면서 울프 와일더를 만날 일은 거의 없다. 울프 와일더는 맹수 조련사나 서커스 단장 같은 사람이 아니다. 그들은 오히려 비단 드레스나 화려한 보석 따위는 한번 걸쳐 보지도 못하고 평생 숲속에서 살아가는 사람에 가깝다. 울프 와일더들은 대체로 평범한 사람처럼 보여서 분별하기 어렵지만, 분명 단서가 있다. 대부분의 울프 와일더는 손가락 일부나 한쪽 귓불, 발가락 한두 개를 잃었으며 보통 사람들이 양말을 신듯 일상적으로 붕대를 감고, 몸에서 희미하게 날고기 냄새를 풍긴다.

러시아의 서쪽 미개척 지역에는 갓 태어난 새끼 늑대를 사냥하는 밀렵꾼들이 있다. 밀렵꾼들은 갓 태어나 눈도 뜨지 못한 새끼를 잡아 상자에 넣고 상트페테르부르크에 사는 부유한 사람들에게 판다.

늑대 새끼 한 마리당 가격은 1000루블*에 달하며 털 전체가 흰 늑대의 경우, 두 배 가격에 팔리기도 한다. 집에 늑대가 있으면 돈과 명예, 혹은 예쁘고 똑똑한 아이들과 같은 행운을 얻게 된다는 미신 때문이다. 이 때문에 표트르 1세**는 달처럼 눈부신 하얀 늑대를 일곱 마리나 데리고 있었다.

붙잡힌 늑대는 금목걸이를 한 채, 주위에서 사람들이 웃고, 마시고, 시가를 피우고, 심지어 그 연기를 눈가에 뿜어도 가만히 앉아 있도록 훈련받았다. 사람들은 늑대에게 캐비어를 주기도 했지만, 늑대들은 그 맛을 그다지 좋아하지 않았다. 어떤 늑대들은 너무 살이 쪄서 계단을 오르내릴 때마다 배의 털로 바닥의 먼지를 쓸고 다니기도 했다.

하지만 늑대는 개처럼 길들여 실내에서 키울 수 없는 동물이다. 늑대는 어린아이들과 마찬가지로 얌전히 있을 수 없는 본성을 지녔다. 결국 몇몇 늑대들은 감옥살이 같은 갑갑한 생활에 미쳐 가다가 누군가를 물어뜯기도 했다. 그러면 이 늑대를 처리할 방법이 문제가 된다.

러시아 귀족들은 늑대를 죽이면 불운이 덮칠 거라고 믿었다. 기차 시간이 바뀌거나 행운이 사라지는 종류의 소소한 불운이 아니라, 무

---

* 러시아의 화폐 단위.
** 표트르 1세(1672~1725). 서구화 개혁을 통해 러시아의 근대화를 이룬 황제.

언가 어둡고 서서히 퍼지는 불길한 기운 같은 것 말이다. 이들은 늑대를 죽이면 삶이 완전히 뒤틀려 버릴 것이라고 생각했다. 이를테면 이런 식이다. 전쟁이 선포되었을 때 아들이 성인이 되거나, 혹은 발톱이 안으로 파고들거나, 치열이 밖으로 뻐드러지고 잇몸에서 피가 나와 자는 동안 베개를 붉게 물들이게 될 수도 있는 것이다. 그렇기 때문에 늑대를 총으로 쏘아서는 안 되며 굶겨 죽여도 안 된다. 그래서 귀족들 대신 불운을 처리해야 하는 집사는 초조해하며 늑대를 소포처럼 상자에 담아 울프 와일더에게 보내 버린다.

울프 와일더들은 귀족의 저택에서 내보내진 늑대들에게 야생성을 되찾는 법과 사냥하고 싸우는 법, 그리고 인간을 경계하는 법을 알려 준다. 그리고 하울링*하는 법도 가르친다. 하울링을 하지 못하는 늑대는 웃지 못하는 인간과 다름없기 때문이다. 그 후, 늑대들은 다시 야생으로 돌아가 다른 동물들과 어울려 살아가게 된다.

---

* 개나 늑대 같은 동물이 길게 우는 소리.

1장 낯선 이의 방문

옛날 옛날에, 100년도 더 전에, 어둡고 거친 성격의 소녀가 살았다. 러시아인인 소녀의 머리카락과 눈동자는 완전히 새까맸다. 손톱까지도 항상 까맸다. 소녀는 필요할 때에만 사납게 행동했다. 종종 그럴 일이 있었다.

소녀의 이름은 페오도라, 페오라고 불렸다.

페오는 숲에서 베어 온 나무로 지은 집에 살았다. 양털로 짠 담요로 집 안 벽을 둘러 러시아의 혹독한 추위를 막고, 곳곳에 램프를 켜서 집을 밝혔다. 페오가 여러 색의 물감으로 칠한 램프에서 붉은색, 초록색, 노란색 불빛이 흘러나왔다. 페오의 엄마는 나무를 직접 자르고 다듬어 두께가 20센티나 되는 문을 만들었다. 페오는 그 문을 눈처럼 푸르스름한 빛을 띠는 흰색 페인트로 칠했다. 문 위에는 수년 동안 늑대들이 낸 발톱 자국이 있었다. 이 자국 덕분에 원치 않는 방문객을 막을 수 있었다.

그러던 어느 날, 누군가 페오의 집 문을 두드리면서 모든 일이 시작되었다.

노크라는 말이 어울리지 않을 정도로 시끄러운 소음이라고 페오는 생각했다. 누군가가 주먹을 꽉 쥐고 문에 구멍이라도 낼 작정으로 두드리는 것 같았다.

페오의 집에서는 문을 두드리는 것 자체가 이상한 일이었다. 찾는 사람이 없기 때문이다. 집을 드나드는 건 페오와 엄마, 그리고 늑대들뿐이었다. 늑대들은 문을 두드리지 않는다. 만일 집으로 들어오고 싶으면 그냥 창문을 통해 들어온다. 창문이 열려 있든 아니든 말이다.

요란하게 문을 두드리는 소리에 페오는 기름칠을 하던 스키를 내려놓고 귀를 기울였다. 이른 아침이어서 아직 잠옷을 입은 채였다. 페오는 덧입을 실내용 가운이 없어서 엄마가 떠 준 긴 스웨터를 입고 문으로 달려갔다.

곰 가죽으로 만든 실내용 가운을 입은 엄마는 거실 벽난로에 불을 붙이다 말고 몸을 일으켜 세웠다.

"제가 나갈게요."

페오가 두 손으로 문을 잡아당겼다. 경첩이 얼어 문이 뻑뻑했다.

"잠깐만, 페오."

엄마가 말렸지만 페오는 이미 문을 열고 있었다. 순간 문이 안쪽으로 벌컥 열리면서 페오의 머리를 빗겨 지나갔다.

"아야!"

페오는 휘청거리며 주저앉았다. 들어오던 남자는 페오의 비명에 눈썹을 치켜 올리고 입을 삐죽거렸다. 굉장히 엄격해 보이는 남자였다. 높고 곧은 코와 화난 듯 보이는 주름에 빛이 비치자 짙은 그림자가 드리워졌다.

"마리나 페트로브나가 누구지?"

남자는 바닥에 눈 자국을 내며 집 안으로 들어왔다.

페오는 무릎을 짚고 일어나려고 했다.

"저리 비켜."

하지만 회색 코트를 입고 검정색 부츠를 신은 군인 두 명이 페오 옆을 스치듯 지나가는 바람에 잠시 앉아 있어야 했다. 군인들은 긴 장대에 어린 엘크*를 거꾸로 매달고 들어왔다. 이미 죽은 엘크의 사체에서 피가 뚝뚝 떨어졌다.

"잠깐만요!"

페오가 소리쳤다. 군인들은 황제의 소속임을 나타내는 높은 털모자를 쓰고, 몹시 근엄한 표정을 짓고 있었다. 페오는 곧장 군인들 앞으로 달려가 싸우려는 자세를 취했다.

군인들은 아랑곳없이 러그 위에 엘크를 내려놓았다. 작은 거실이

---

* 북유럽이나 아시아에 사는 큰 사슴.

군인들의 커다란 덩치와 풍성한 콧수염으로 꽉 차는 것처럼 느껴졌다. 가까이 보니 이들은 열여섯 살 정도밖에 안 된 것 같았다. 하지만 문을 세차게 두드리던 남자는 늙어 보였다. 그중에서도 특히 눈이 늙어 보였다. 갑자기 페오의 위장이 목구멍 아래에서 요동치기 시작했다.

나이 많은 남자는 페오를 무시하고 뒤에 있는 페오의 엄마에게 물었다.

"마리나 페트로브나? 나는 라코프 장군이다."

"무슨 일로 오셨죠?"

엄마는 벽을 등지고 섰다.

"나는 상트페테르부르크에서 남쪽으로 수천 마일 떨어진 군대의 사령관이다. 황제 폐하의 군대지. 내가 여기에 온 이유는 네 늑대가 이런 짓을 저질렀기 때문이다."

남자는 엘크를 발로 툭 찼다. 피가 솟아 나와 번쩍거리는 남자의 구두를 물들였다.

"제 늑대들이요?"

페오의 엄마는 침착한 얼굴을 하고 있었지만, 눈빛에 초조하고 불안한 기색이 감돌았다.

"저는 늑대를 키우지 않습니다."

"네가 이곳에 늑대를 데려오지 않았나."

라코프 장군이 말했다. 살아 있는 사람의 눈이라고 생각할 수 없을 정도로 눈빛이 차가웠다.

"그러니까 너의 책임이지."

라코프 장군의 혀는 담배로 인해 노랗게 물들어 있었다.

"아니에요. 그렇지 않습니다."

페오의 엄마가 말했다.

"사람들이 늑대를 키우다 싫증이 나면 이곳에 보냅니다. 귀족들이나 부자들이요. 우리는 늑대들에게 야생성을 되찾는 법을 가르쳐 숲으로 돌려보내는 일만 해요. 늑대를 소유하지는 않습니다."

"거짓말할 생각 마."

"저는 거짓말을 하지……."

"네 딸이 늑대 세 마리와 함께 있는 걸 봤어. 그래도 너의 늑대가 아니라는 말인가?"

"아니에요. 절대로 아니에요!"

"그 늑대들은……."

페오가 불쑥 끼어들었다.

하지만 페오의 엄마가 단호하게 고개를 저으며 가만히 있으라는 시늉을 했다. 페오는 대신 머리카락을 입에 물고 팔짱을 꼈다.

엄마가 말했다.

"아닙니다. 딸아이가 제 소유물이 아닌 것처럼, 그 늑대들도 제 딸

아이의 것이 아니에요. 늑대들은 페오와 함께 있을 뿐, 페오의 애완동물이 아닙니다. 그리고 이 엘크의 상처는 우리 집에 있는 늑대들이 낸 게 아니에요."

"맞아요. 더 작은 늑대의 이빨 자국이에요."

페오가 말했다.

"내가 변명 따위를 들으려 왔다고 생각하나?"

라코프 장군은 이성을 잃고 언성을 높였다.

페오는 간신히 숨호흡했다. 두 젊은 군인이 엄마를 빤히 쳐다보고 있었다. 그중 하나는 입을 떡 벌리기까지 했다. 페오 엄마 마라나는 등과 어깨가 넓고, 엉덩이가 컸다. 또한 남자들 못지 않은 근육질이었는데, 페오는 엄마의 근육이 늑대의 근육과 비슷하다고 생각했다. 반면에 엄마의 얼굴은, 예전에 왔던 한 방문객의 말처럼 눈표범이나 성자 같은 느낌을 주었다. 그 방문객은 이렇게 말했다.

"인간으로 변한 여신 같군!"

당시 페오는 이 말을 듣고 자랑스러워하는 기색을 내보이지 않으려고 애썼다.

그러나 라코프 장군은 엄마의 아름다움엔 전혀 관심이 없는 것 같았다.

"나는 폐하의 재산 피해에 대한 보상금을 받기 위해 왔다. 쓸데없는 생각 말고, 100루블을 내라."

"제게는 그런 돈이 없어요. 그리고 저는 폐하의……."

라코프 장군이 주먹으로 벽을 쾅 내리쳤다. 나이에 비해 놀랄 만큼 강한 힘이었다. 나무 벽이 흔들렸다.

"항의나 변명 따윈 듣고 싶지 않아. 내가 이 누추한 곳까지 온 이유는 단지 명령을 전하기 위해서라고."

그는 엘크의 피로 붉게 얼룩진 신발을 내려다보았다.

"황제 폐하의 명령에 불복종할 생각 마."

갑자기 라코프 장군이 엘크를 세게 차서 엘크의 다리를 부러뜨렸다. 페오는 순간 헉, 하는 소리를 냈다.

"너!"

라코프 장군은 창백한 얼굴의 페오에게 다가갔다.

"나한테 너처럼 버릇없는 아이가 있었다면 걘 아마 호되게 맞았을 거야. 저리 가 앉아. 그리고 내 눈에 띄지 마."

장군은 페오를 뒤로 밀쳤다. 그때 라코프 장군의 목에 걸린 십자가가 페오의 머리카락에 걸렸다. 장군은 십자가를 거칠게 잡아당긴 뒤, 거실 밖으로 나갔다. 그 뒤를 군인들이 따랐다. 엄마는 늑대들에게 사용하는 손동작으로 페오에게 가만히 있으라는 신호를 보낸 다음 군인들을 따라갔다.

페오는 문간에 가만히 서서 귓가의 웅웅거리는 소리가 잦아들기를 기다렸다. 그때 엄마가 우는 소리와 무언가 부서지는 소리가 들렸다.

페오는 신발도 신지 않고 거실을 뛰쳐나갔다.

엄마는 보이지 않았다. 대신 군인들이 페오의 침실을 차지하고 있었다. 페오는 지독한 냄새에 움찔했다. 담배 냄새와 1년 치는 족히 될 땀 냄새였다. 군인 하나는 부정교합이 심해서 아랫입술이 코에 닿을 지경이었다.

"쓸 만한 건 하나도 없군."

군인들이 순록 털로 만들어진 이불과 램프 따위를 훑어보다가 벽난로 옆에 세워 놓은 스키에 눈길을 주었다. 페오는 얼른 가서 스키를 등 뒤에 감췄다.

"이건 제 거예요. 황제 폐하와는 아무 관련도 없어요. 제가 만든 거라고요."

매일 저녁 나무를 깎고 기름칠을 하면서 꼬박 한 달 걸려 만든 것이었다. 페오는 양손에 스키를 한 짝씩, 마치 창처럼 거머쥐었다. 눈물이 핑 돌 것 같았지만 들키고 싶지 않았다.

"저리 가요."

라코프 장군이 차갑게 웃더니 페오의 램프를 들고 불빛에 스키를 비춰 보았다. 페오는 램프를 낚아챘다.

"그만!"

엄마가 문간에서 외쳤다. 뺨에 전에 없었던 멍이 들어 있었다.

"여긴 제 딸아이의 방이에요."

젊은 군인들이 웃었다. 하지만 라코프 장군은 웃지 않았다. 그들이 얼굴을 붉히고 다시 조용해질 때까지 쳐다볼 뿐이었다. 라코프 장군은 페오의 엄마에게 다가가서 얼굴에 든 멍을 살펴보더니 코를 들이대고 냄새를 맡았다. 엄마는 입술을 깨문 채 꼼짝 않고 서 있었다. 그러자 라코프 장군이 툴툴거리며 램프를 천장으로 던져 버렸다.

"안 돼!"

페오가 비명을 지르며 몸을 수그렸다. 유리 조각이 어깨 위로 쏟아져 내렸다.

페오는 스키를 휘두르며 라코프 장군에게 달려들었다.

"나가! 여기서 나가라고!"

장군은 웃으며 스키를 빼앗았다.

"혼나기 싫으면 여기 얌전히 앉아."

"당장 나가."

페오가 말했다. 하지만 라코프 장군은 막무가내였다.

"앉아! 안 그러면 너도 엘크와 같은 처지가 되고 말 거다."

그러자 엄마가 소리쳤다.

"뭐라고요? 아이를 협박하다니, 제정신이에요?"

"둘 다 괘씸하군."

라코프 장군은 진저리를 치며 말했다.

"늑대와 함께 살다니, 정말 혐오스러워. 늑대는 이빨을 가진 해충

이야."

순간 엄마의 얼굴에 백 마디 욕이 스쳐 지나갔다.

"그렇지 않아요."

"그리고 네 딸 역시 그런 늑대들과 함께 자라면 사회의 해충 같은 존재가 될 거야. 너희 둘에 관한 이야기는 이미 들었다. 넌 엄마 자격이 없어."

엄마는 숨이 턱 막힌 듯한 소리를 냈다. 페오의 마음이 아팠다.

라코프 장군은 신경 쓰지 않고 말을 이어 나갔다.

"블라디보스토크 같은 도시에는 학교가 있어. 그곳에서 더 나은 교육을 받을 수 있을 거다. 내가 그곳으로 아이를 보내지."

"페오, 주방에 가서 기다리렴. 지금 당장."

페오는 재빨리 뛰어가 문을 닫았다. 그리고 초조한 마음으로 문 뒤에서 안을 엿보았다. 라코프 장군을 바라보는 엄마의 얼굴이 분노와 다른 복잡한 감정으로 이글거렸다.

"싫습니다. 페오는 제 아이예요. 어떻게 그런 말씀을 할 수 있죠?"

엄마는 고개를 흔들었다.

"제 딸은 당신들이 속한 군대 전체보다 소중한 존재예요. 딸아이에 대한 저의 사랑을 감히 얕보지 마세요. 자식에 대한 부모의 사랑은 세상 그 무엇보다 큽니다."

라코프 장군은 못마땅하다는 듯이 턱을 문질렀다.

"무슨 말을 하는 거야? 말도 안 되는 불평만 하는군."

그는 발을 들어 침대에 부츠를 닦으며 말을 이었다.

"지루해서 못 들어 주겠어."

"팔을 잃고 싶지 않다면 제 딸아이의 일에서 손 떼세요."

라코프 장군은 코웃음을 쳤다.

"여자가 할 소리는 아닌 것 같군."

"아니요. 여자라서 할 수 있는 말이죠."

라코프 장군은 두 손가락의 마디가 잘려나간 엄마의 손을 쳐다보다가 다시 얼굴로 시선을 옮겼다. 장군의 표정에는 사람의 간담을 서늘하게 하는 무언가가 있었다. 엄마도 지지 않고 장군의 시선을 맞받아쳤다. 라코프 장군이 먼저 눈을 깜빡였다.

장군은 짜증스러운 소리를 내며 성큼성큼 걸었다. 라코프 장군과 스치며 잠시 휘청이던 페오는 이내 그 뒤를 따라 주방으로 갔다.

라코프 장군이 말했다.

"일을 어렵게 만드는군."

그리고 눈 하나 깜짝하지 않고 식탁을 뒤집었다. 페오가 가장 좋아하는 머그컵이 바닥에 떨어져 깨졌다.

"엄마!"

페오는 따라 들어온 엄마의 옷자락을 꽉 움켜쥐었다.

라코프 장군은 엄마 쪽으로 눈길조차 주지 않고 말했다.

"그림들을 가져가."

집에는 그림이 세 점 걸려 있었다. 과감한 색채의 정육면체가 사람 모양으로 배열된 작품들이었다. 엄마가 이 그림들을 무척 좋아해서 페오는 그런 엄마를 놀리곤 했다.

"안 돼! 그건 말레비치*의 그림이에요. 선물 받은 거라고요. 잠깐! 여기요. 이게 있어요."

페오는 목에 걸린 금목걸이를 풀어서 어린 병사에게 내밀었다.

"금이에요. 할머니에게 물려받았으니까 오래된 거예요. 금은 오래될수록 비싸잖아요."

군인은 목걸이를 깨물어 보고 냄새까지 맡아 본 후, 라코프 장군에게 고개를 끄덕이며 넘겼다.

페오는 현관문 쪽으로 달려갔다. 문을 열자 눈보라가 휘몰아치며 페오의 옷과 양말에 달라붙었다. 온몸이 덜덜 떨렸다.

"이제 가세요."

엄마는 잠시 눈을 감았다가 페오를 향해 웃어 보였다. 두 군인이 지루하다는 듯 바닥에 침을 뱉고 눈 내리는 바깥으로 나갔다.

"마지막으로 경고한다."

열린 문으로 눈바람이 들어쳤지만 라코프 장군은 신경도 쓰지 않고 말을 이었다.

---

* 카지미르 말레비치(1879~1935). 순수 추상화 발전에 핵심적인 역할을 한 러시아의 화가.

"황제 폐하의 명령이다. 더 이상 네 늑대들이 황제 폐하의 동물들을 잡아먹게 두지 않겠다. 이제부터 도시 사람들이 늑대를 보내면 다 총으로 쏴서 죽여 버려라."

"안 돼요! 절대 안 돼요. 우리는 총도 없다고요. 엄마, 장군님께 말해요."

라코프 장군은 페오의 말을 무시했다.

"미신이나 믿고 너에게 말도 안 되는 애완동물을 보내는 바보들한테 늑대를 숲에 풀어줬다고 말하고, 총으로 쏴 버려."

"그렇게는 안 할 거예요."

핏기가 사라진 엄마의 얼굴을 보자 페오는 겁이 났다. 문 앞에 선 저 남자를 겨눌 총이 있었으면 하고 바랐다.

라코프 장군이 어깨를 으쓱하자 코트에 주름이 졌다.

"황제 폐하의 명령을 어기면 어떤 벌을 받는지 알고 있겠지. 상트페테르부르크에서 폭동을 일으킨 사람들에게 무슨 일이 일어났는지 기억할 거야. 이게 내 마지막 경고다."

라코프 장군은 문을 나서면서 장갑 낀 손가락으로 페오를 가리켰다.

"꼬마야, 너도 마찬가지야."

그리고 나서는 페오의 빗장뼈 근처를 한 대 세게 쳤다. 페오가 뒤로 나가떨어졌다.

"앞으로 저 아이가 늑대와 같이 있는 모습을 보면, 늑대를 쏴 버리고 아이는 데려갈 거야."

라코프 장군은 문을 쾅 닫았다.

🐾🐾

그날 오후, 페오와 엄마가 불가에 앉았다. 깨진 유리와 도자기 조각을 깨끗하게 치우고, 엘크는 얼음과 함께 헛간에 두었다. 페오는 엘크를 제대로 묻고 무덤에 십자가를 세우고 싶었지만, 엄마가 그러지 말라고 했다. 겨울이 다가오니 엘크를 비상식량으로 두어야 한다는 이유였다. 페오는 엄마의 어깨에 머리를 기댔다.

"엄마, 이제 우리는 어떻게 하죠? 군인들이 늑대를 죽이라고 했잖아요. 그렇게는 안 할 거죠? 그렇게 할 수 없어요."

"그래, 아가."

엄마는 상처 많은 단단한 팔로 페오를 안았다.

"당연히 그렇게 안 하지. 하지만 우리는 숨을 죽이고, 더욱 조심해야 할 거야."

엄마는 난로 위에 놓은 밤을 뒤적이다가 하나를 집어 페오의 손에 올려 주었다.

"늑대들도 그렇게 하니까, 우리도 할 수 있어. 그렇지?"

당연히 할 수 있다. 그날 저녁, 페오는 스키를 꺼내면서 생각했다.

다른 사람들을 좋아할 수도, 그렇게 하지 못 할 수도 있다. 하지만 페오가 진심으로 사랑하는 사람은 엄마뿐이다. 엄마에 대한 사랑은 다른 사람을 곤경에 빠트리거나, 감옥에 보내 버리거나, 심지어 역사책에 나올 정도의 위험을 무릅쓸 정도로 강렬하다. 엄마 또한 자신을 위해 무엇이든 할 수 있을 것이다.

석조 교회가 있던 자리까지 가는 데 스키로 10분이 걸렸다. 입구에는 쓰러져 가는 성인의 석상 세 개가 있었다. 모두 머리가 없고, 그중 둘은 온몸에 이끼가 자라 마치 초록색 옷을 입은 듯 보였다. 비록 머리가 없지만, 석상은 교회터와 잘 어울렸다. 교회의 벽은 두 면과 절반 정도만 남았고 지붕은 부스러져 모자이크 타일 바닥으로 떨어진 지 오래다. 기다란 교회 의자는 나무좀이 절반 가까이 갉아 먹었고, 작은 마리아 조각에는 먼지가 쌓였다. 페오는 나뭇가지 끝을 씹어서 조각을 닦곤 했다. 해가 잘 들 때 자세히 살펴보면 교회 벽에 금빛의 그림이 있었던 흔적이 보였다. 페오는 이곳이 세상에서 가장 아름다운 장소라고 생각했다.

교회터에 세 마리의 늑대가 살았다.

한 마리는 흰색, 한 마리는 검정색, 다른 한 마리는 여러 색이 섞인 회색으로, 검정 귀에 의젓한 얼굴을 가졌다. 늑대들의 이름은 털빛을 따서 각각 화이트, 블랙, 그레이라고 지었다. 사람이 불러도 움직이지 않으므로 길들여진 늑대들이라고 할 수는 없지만, 그렇다고 온

전히 야생 본능을 가졌다고도 할 수 없었다. 페오의 이웃들은 페오 역시 절반쯤 야생 성향을 가졌다고 말하며 늑대 냄새를 풍기는 페오의 빨간 망토를 두려움 가득한 눈으로 쳐다봤다. 그렇기 때문에 페오는 늑대들과 가장 친하게 지냈다.

페오가 스키를 타고 미끄러져 들어갔을 때, 늑대들은 마리아상에 피를 튀기며 죽은 까마귀 고기를 먹고 있었다. 페오는 가까이 다가가지 않았다. 늑대와 친하다고 해도 먹을 때에는 방해하면 안 된다는 걸 알기 때문이다. 대신 페오는 한 발을 교회 의자에 올리고 늑대들이 식사를 마칠 때까지 기다렸다. 늑대들은 식사를 마치고 천천히 주둥이와 발톱까지 정리한 후, 페오에게 돌진해 뺨과 손을 핥아 댔다. 페오는 블랙과 성당 의자 사이를 왔다 갔다 하며 놀았다. 목 없는 석상 주위에서는 중심을 잃고 휘청거리기도 했다. 정신없이 뛰놀다 보니 페오의 뱃속을 꽉 채우고 있던 고민이 조금 사라진 것 같았다.

페오는 늑대를 언제부터 알았는지, 그리고 언제부터 늑대를 좋아했는지 정확하게 기억하지 못했다. 하지만 늑대가 사랑할 수밖에 없는 동물이라는 사실은 잘 알았다. 늑대들은 늘씬하고 아름다우며 꼿꼿하다. 페오는 어려서부터 늑대의 털에 박힌 솔잎을 떼어 주고, 이빨에 낀 고기를 빼 주며 자랐다. 엄마는 페오가 말을 시작하기 전에 하울링부터 배웠다고 했다. 페오는 늑대가 그 자체로 완벽하며,

목숨을 걸 가치가 있는 몇 안 되는 존재라고 생각했다. 물론 그러라고 시키는 사람은 아무도 없겠지만, 어쨌든 늑대는 페오에게 그만큼 소중한 존재였다.

2장 막내

라코프 장군이 페오의 집에 다녀가고 2주 후에 어린 늑대가 도착했다. 아름다운 꼬리를 가졌지만 몹시 뚱뚱한 암컷이었다.

늑대를 데려온 마차가 숲속에 있는 페오의 집에 도착하면 마차부는 보통 늑대를 함께 풀 건장한 남자를 찾아 주위를 두리번거렸다. 하지만 마차부가 만나게 되는 건 결국, 건장한 남자가 아닌 음식 냄새를 풍기는 두 모녀였다.

서른세 살의 엄마, 마리나는 현관문 높이만큼 키가 컸고, 왼쪽 눈 주위에 네 개의 발톱 자국이 있었다. 엄마를 처음 본 사람들은 모두 숨이 멎은 듯, 잠시 숨 쉬는 법을 잊곤 했다.

그날 아침에는 페오 혼자 마차를 맞았다. 페오는 도와주겠다는 마차부의 제안을 거절하고 발버둥치는 늑대를 안아 눈 위로 내렸다. 머리를 쓰다듬자 늑대가 얌전해졌다.

새로 온 늑대는 지금까지 페오가 본 검은 늑대들 중 가장 검은 털을 가진 늑대였다. 칠흑 같은 검은색이어서 밤이 되면 보이지 않을 것 같았다. 페오는 늑대가 밤보다 더 어두울 거라고 생각했다. 러시아의 밤은 별빛이 눈에 비쳐 그리 어둡지 않으니 말이다.

"만나서 반가워."

페오는 늑대에게 말을 건넸다. 그리고 마차부는 안중에도 없이 늑대의 털에 얼굴을 묻고 코를 주둥이에 가져다 댔다. 늑대가 페오의 턱을 핥았다. 숨에서 늑대 특유의 비릿한 침 냄새가 풍겨 안심이 되었다. 하지만 약간 부푼 긴 혀에 피가 비쳤다.

"혀를 깨물었나 봐요. 더 조심해서 운전하셨어야죠."

페오는 마차부의 눈을 똑바로 쳐다보며 말했다. 마차부는 자연스럽게 이어진 콧수염과 턱수염을 가진 덩치가 큰 남자였다.

"혹시 오는 길에 군인을 보셨나요?"

"뭐라고? 내가 왜……."

"아니에요. 혹시 몰라서요."

페오는 고개를 세게 저었다.

"그냥 잊어버리세요."

페오는 늑대에게 자신의 손을 내보이면서 부드럽게 목줄을 풀어 주었다. 길게 자란 발톱이 말려서 곧 발바닥에 닿을 것 같았다. 페오는 칼을 들고 와서 늑대의 발을 무릎 위에 올려놓고 발톱 끝을 잘라

냈다.

"늑대에게 줄 만한 음식이 있나요? 얘는 지금 배가 고파요."

페오가 마차부에게 물었다.

마차부는 눈썹을 치켜 올렸다.

"아니. 그리고 그 늑대는 안 먹어도 될 만큼 살쪘는걸."

페오는 늑대의 얼굴을 자신의 가슴팍에 기대게 해서 입을 벌리고 잇몸을 눌러 보았다.

"얘야, 그만둬. 맙소사."

마차부는 욕 몇 마디를 쏟아 내었다. 손끝에 땀이 맺혀 있었다.

"도대체 뭐 하는 거냐?"

"잇몸이 괜찮은지 보는 거예요."

다행히 염증은 없었다. 페오는 늑대를 풀어 준 다음, 가슴팍을 긁어 주었다.

마차부는 여전히 겁에 질려 있었다. 화가 나 보이기까지 했다.

"그런 행동은 늑대 주둥이에 밧줄을 매고 해야 하는 거 아니냐?"

마차부의 시선이 페오의 눈과 귓불에 가닿았다. 귓불에 여섯 살 때 늑대가 장난으로 휘두른 앞발에 맞아 반으로 갈라진 흉터가 남아 있었다. 페오는 머리를 흔들어 머리카락을 걷어 내고 강렬한 눈빛으로 마차부를 쏘아보았다. 적어도 그렇게 보이도록 노력했다. 주둥이에 밧줄을 묶는 건 책에서만 보았을 뿐 어떻게 하는지 알지도 못했다. 좁은 주둥이에 밧줄을 매느라 힘만 빠질 것 같았다.

"늑대는 밧줄 안 매요. 개랑 다르거든요."

페오는 개에 비해 늑대가 성질이 불같고 변덕이 더 심하다고 생각했다. 하지만 이를 말로 설명하기는 어려웠다. 어떻게 표현할지 고민하면서 입술을 깨물다가 이내 고개를 흔들었다. 다른 사람들은 이해하기 힘들 것이다.

"가고 싶으면 가셔도 돼요. 제가 아저씨라면 가고 싶을 것 같아요."

잠시 후, 엄마가 머리를 반만 땋은 채 집에서 나와 사라져 가는 마차를 바라보았다.

"마차부가 마실 것을 찾지는 않았니?"

"아니요."

페오는 엄마를 향해 싱긋 웃었다.

"이곳에 오래 머무르고 싶지 않은 것 같았어요."

"그렇다면 다행이구나. 빨리 이쪽으로 오렴. 늑대를 나무 아래에 숨기자."

"그들이 벌써 우리를 지켜보고 있을까요?"

페오는 눈 덮인 사방을 둘러보았다.

"그럴 수도 있지. 라코프 장군이 말로만 협박한 것 같지는 않아. 보통 말뿐인 협박을 할 때 물건을 그렇게까지 부수지는 않거든."

몸을 겨우 일으킨 늑대는 천천히 숲으로 가서 추위에 익숙하지 않

은 듯 으르렁거렸다. 엄마는 걸으면서 페오의 머리에 묻은 눈을 털
어 주었다.

"앞으로의 계획에 대해 이야기해 보자."

"네."

늑대가 기침을 했다. 페오는 손가락 두 개를 늑대의 목에 가져다
대고 가볍게 문질러 주었다.

"이 아이는 무슨 잘못을 했을까요? 왜 사람들이 이 아이를 여기로
보냈죠?"

"백작 부인의 옷장에 들어가서 드레스를 씹어 놓았다고 하더구나.
그런데 페오, 내 말 듣고 있니?"

"그게 다예요? 아무도 묻지 않았어요? 네, 죄송해요. 듣고 있어요."

페오는 늑대들에 대해서 생각하고 있었다. 그레이는 세금을 받으
러 온 징수원의 엄지손가락을 물어뜯었다. 화이트는 공작 부인의 허
벅지를 할퀴어 깊은 상처를 냈다. 블랙은 영국 귀족의 발가락 세 개
를 먹어 버렸다. 페오는 이 늑대들이 세상에서 가장 아름다운 범죄
자들이라고 생각했다.

"라코프 장군의 군인들이 우리를 보고 있을지도 몰라. 늑대와 함
께 있는 모습을 보이면 안 돼."

"알았어요. 이미 말씀하셨잖아요. 그리고 마차부에게 오면서 군인
들을 봤냐고 물었는데, 못 봤다고 했어요."

"뭐라고?"

엄마는 깜짝 놀랐다.

"얘야, 누구에게도 군인에 대해서 말하면 안 돼. 낯선 사람에게 네가 무엇을 두려워하는지 말하는 건 어리석은 짓이야."

"아……."

두려움으로 페오의 가슴이 답답해졌다.

"죄송해요. 몰랐어요."

"아니다. 내 잘못이야. 미리 말을 했어야 했는데."

엄마는 두 손으로 머리를 쓸어 넘겼다.

"다른 지역으로 거처를 옮길 방법을 생각하고 있어. 혹시 모르니 말이다."

늑대는 주둥이를 페오의 무릎에 대고 기침했다.

"엄마, 이 아이가 드레스를 삼켰을까요? 이빨에 천 조각이 남았으면 아플 거예요."

"페오, 늑대를 그냥 둬."

"엄마, 보세요."

페오는 늑대의 주둥이에 손을 넣어 입을 벌렸다. 손에 늑대의 침이 잔뜩 묻었다. 입안 깊숙이 있는 이빨 사이에 천 조각이 껴 있었다. 페오가 천을 잡아당기자 작은 진주 장식 하나가 달린 붉은 벨벳 조각이 딸려 나왔다.

"찾았다! 그리고 늑대를 묶은 끈도 너무 얇아요."

페오는 늑대의 발을 들어 엄마에게 보여 주었다.

"보세요. 피가 흐르잖아요. 여기요. 발톱이 정말 약해졌어요."

페오는 늑대의 귀에 입을 맞추며 말했다.

"이 애를 막내라고 불러야겠어요."

"여기, 연고를 발라 줄게."

엄마는 허리를 굽혀 늑대의 발톱에 갈색 연고를 발라 주었다. 엄마가 능숙하게 손을 움직이자 늑대는 훨씬 편안해진 것 같았다.

"그런데 페오, 내 말 알아들었니? 가방을 준비해야 해. 음식이랑 옷가지, 칼과 밧줄 같은 걸 챙겨서 뒷문에 두렴. 만일을 대비해서."

페오는 막내에게서 눈을 떼며 물었다.

"만일을 대비해서, 뭐라고요?"

"라코프 장군이 이곳을 다시 찾을 경우를 대비해서."

"다시 오지는 않을 것 같은데요. 그러니까, 그 사람은 늙었잖아요."

페오는 자신을 매섭게 노려보던 장군의 눈빛을 머리에서 지워 버리려고 애썼다.

"나이가 많은 사람들은 가만히 앉아 있는 걸 좋아하잖아요. 귓속에 털을 기르는 것도 좋아하고요. 그리고…… 수프 먹는 것도요."

사실 페오는 노인들을 만난 적이 거의 없었다.

"그 사람은 이런 저런 일을 하느라 바쁠 거예요."

엄마는 웃었지만 어쩐지 얼굴 한 구석이 어두웠다.

"늘 조심하고 경계하렴, 아가. 늑대들과 함께 있고 싶으면 교회터나 집 뒤에서 만나. 막내가 가능한 빨리 야생성을 찾을 수 있게 한 다음 서쪽 숲에 풀어 주자. 강낭콩 모양 호수 옆에. 거기라면 라코프 장군의 눈에 띄지 않을 거야."

"하지만 그쪽 숲은 사냥하기에 좋지 않아요. 굶주리게 될 거예요."

"새를 사냥하는 법을 알려 주면 돼. 그리고 어쨌든 본능적으로 살 길을 찾을 거야. 늑대는 놀랍도록 영리한 존재니까."

3장 늑대들

페오는 열 살이 되던 해부터 늑대들의 야생성을 되살리는 일을 해 왔다. 이 일을 무서워하거나 남들에게 숨긴 적은 없었다.

동물을 돌보는 일은 혼자 하는 것이 가장 좋기 때문에 엄마는 페오를 집에서 수 킬로미터나 떨어진 곳으로 보내곤 했다. 페오는 그곳에서 때때로 혼자 아픈 개를 돌보기도 했다. 러시아의 울프 와일더들은 종종 수의사 역할도 겸하기 때문이다. 하지만 이번에는 막내와 떠나는 페오를 바라보는 엄마의 얼굴에 불안한 기색이 감돌았다. 엄마는 당부했다.

"명심해, 페오. 칼날은 날카롭게, 눈빛은 더더욱 날카롭게!"

페오는 막내 앞에 꿇어앉았다. 지독하게 추워진 날씨 때문에 페오와 늑대의 입김이 합쳐져 하얀 구름이 생겼다.

"준비됐어?"

페오가 물었다.

페오는 야생성을 되살리는 훈련의 순서를 잘 알았다. 네 살 때부터 자기 전에 그 순서를 나열해 보곤 했으니까. 페오가 중얼거렸다.

"1단계. 늑대의 성향을 파악한다."

어떤 늑대들은 몹시 산만하고 입질이 심했다. 이 경우 야생성을 되찾는 데 오랜 시간이 걸리지 않는다. 어떤 늑대들은 소심하고 겁이 많으며, 좀처럼 걷지 않으려 했다.

"앉아."

페오의 말에 막내가 네 발을 모으고 조심스럽게 앉았다.

"누워."

막내는 페오에게 시선을 고정한 채로 눈 위에 누웠다.

"손."

늑대는 일어나서 천천히 발을 핥은 다음 페오에게 내밀었다. 하지만 페오는 막내의 발을 만지지 않았다.

"두 손."

막내는 움찔거리며 망설이더니 반항적인 눈빛으로 쏘아봤다. 페오는 인상을 썼다. 그리고 귀족 흉내를 내며 거만하게 말했다.

"주세요!"

그 즉시 늑대가 두 앞발을 들고 뒷발로 서서 혀를 늘어트렸다. 마치 침대 아래에서 죽은 쥐를 발견한 공작 부인의 표정 같았다.

페오는 웃었다.

"그래, 알았어."

'사교계'의 늑대들은 언제나 두 발을 가지런히 내밀고 가만히 서 있는 동작을 한다. 아무런 표정 없이 뒷발로 서서 춤추는 시늉을 하는 불쌍한 늑대들을 생각하면 페오는 울고 싶어졌다.

"한번은 황갈색의 거대한 늑대가 온 적이 있는데, 그 늑대는 코로소총의 방아쇠를 당길 줄 알았어. 말도 안 되는 일을 가르친 거야. 늑대는 총이 필요하지도 않은데."

페오는 보통, 늑대가 하울링을 할 수 있는지 테스트하지만 그건 라코프 장군에게 초대장을 보내는 것과 다름없는 일이니 하지 않았다.

"조용히 해야 해."

그리고 막내를 나무 가까이로 끌어당기며 말했다.

"잠깐만 여기 앉아."

페오 역시 앉았다. 눈이 발목까지 쌓여 있었다. 기름칠 된 망토가 추위를 약간 막아 주긴 했다. 엄마가 중고로 사서 페오의 발목까지 오는 길이로 수선해 준 것이다.

"두 손을 드는 것만큼은 못 배웠길 바랐는데. 그건……."

페오는 말끝을 흐렸다. 그건 마치 하느님에게 신발이나 닦으라고 시키는 것과 같다.

"확 물어 버리고 싶어. 바보 같은 사람들."

39

페오는 늑대의 귀를 들여다보며 계속 중얼거렸다.

"바보 같은 부자들."

그때 뒤에서 눈 떨어지는 소리가 났다. 페오는 재빨리 주위를 둘러 보았다.

"누구세요? 거기 계신가요?"

페오가 외쳤다.

정적만이 주위를 감쌌다.

"저한테 칼이 있어요. 성난 늑대도 있고요."

페오의 으름장이 무색하게 막내는 겁먹은 듯 페오의 팔 아래 얼굴을 묻고 낑낑거렸다.

"보기보다 훨씬 사나운 늑대예요!"

페오는 허공에 대고 외쳤다.

나무 한 그루에서 눈이 후드득 떨어지더니 페오의 머리만큼 커다란 까마귀가 날아올랐다. 페오는 숨죽이며 기다렸지만 더 이상 움직임은 없었다. 주변에 난 발자국을 살폈다. 눈보라가 세게 휘몰아치는 가운데 다른 발자국은 보이지 않았다. 페오는 다시 몸을 숨겼다. 가슴이 방망이질 치는 것 같았다.

"바보같이."

막내의 목덜미 털이 뾰족하게 서 있었다. 페오는 털을 쓰다듬어서 눕혀 주었다.

"괜찮을 거야. 아무도 널 해치지 못하게 할게."

페오는 늑대를 가까이 끌어당겼다.

"이리 와. 좋은 나무를 찾아 줄게. 그리고 늑대가 은신처를 만드는 방법도 알려 줄게."

페오는 나무가 무성한 곳으로 막내를 데려가서 눈을 쌓기 시작했다. 작업하는 동안 막내에게 새 거처가 될 이 지역에 대한 이야기를 해 주었다.

페오가 사는 지역은 세상의 관심 밖에 있는 곳이었다. 언덕의 꼭대기는 한기를 빨아들이는 듯했고, 근방 100킬로미터 내의 어느 지역보다 딱딱한 눈이 내렸다. 가장 높은 언덕에서 북쪽을 보면 숲과 언덕, 그리고 돌로 지은 군대 막사가 보였다. 그곳의 군인들은 대부분 취한 상태로 있다가 어느 날 갑자기 교외로 보내졌다. 하지만 라코프 장군이 온 후부터 군인들에게 소리치며 명령하는 소리가 들려오기 시작했다. 가끔씩 밤에 비명이 울려 퍼지기도 했다. 회색 막사 뒤로는 눈 덮인 평야와 숲이 있고, 넓게 펼쳐진 평야가 끝나는 지점에 구름처럼 피어오르는 상트페테르부르크의 연기가 보였다.

"봤지? 남쪽으로는 끝없이 하얀 눈이 펼쳐져 있어. 그리고 눈을 가늘게 뜨고 저쪽을 봐."

페오는 늑대의 이마에 손을 올려 그늘을 만들어 줬다.

"저쪽은 눈이 더 많아."

페오는 이 순간이 좋았다. 집 주변의 땅이 생명력으로 요동치며 빛나는 순간이었다. 숲을 지나던 사람들은 끝없이 펼쳐진 하얀 풍경이 단조롭다고 했다. 하지만 페오는 잘 모르고 하는 소리라고 생각했다. 사람들은 세상을 제대로 볼 줄 모른다. 눈은 거센 바람과 새들에 대해서 이야기를 해 준다. 새로운 이야기는 매일 아침 쌓인다. 페오는 빙긋 웃은 다음 허공에 코를 대고 쿵쿵 냄새를 맡았다.

"오늘은 정말 말이 많은 날씨야."

막내에게 말했다.

물론 페오의 삶이 전부 완벽하지는 않았다. 근처 농장에는 이미 수염이 자라기 시작한 성인이나 다름없는 아이들, 혹은 늑대 무리를 보기만 해도 울음을 터뜨리거나 이유 없이 토하는 어린아이들밖에 없었다. 페오는 나이가 많은 아이들 중 몇몇을 좋아했다. 하지만 페오가 그들과 어울리려고 했을 때 아이들은 늑대 냄새가 나는 꼬마라며 페오를 놀리고 비웃었다.

페오는 낯선 사람들 사이에서 평범하게 행동하는 것이 어렵다는 사실을 깨달았다. 페오는 너무 조용하거나 너무 거칠었다. 남들을 웃기고 싶을 때, 페오는 거칠어졌다. 그래서 나중에 자신이 했던 말이 떠오르면 달아오른 얼굴을 식히려고 눈 속에 머리라도 파묻고 싶은 심정이 되곤 했다. 어른들은 페오의 눈을 피했다. 엄마는 페오가 사람들을 너무 빤히 쳐다보기 때문일 것이라고 했다. 하지만 늑대도 상대를 빤히 쳐다보지만 아무도 이를 나무라지 않는다.

늑대들은 그 자체로 완벽했다. 아니, 완벽 그 이상이었다. 늑대들 중 두 마리는 사람으로 치면 페오 정도의 나이였다. 엄마가 외동인 페오의 외로움에 대해서 이야기할 때면 페오는 늑대들을 가리키곤 했다.

"저 아이들이 러시아어를 할 줄 아는 건 아니지만, 그렇다고 우리가 서로 소통하지 못하는 건 아니에요."

화이트는 무리에서 알아주는 미녀였다. 그 목에 얼굴을 파묻을 때면 구름처럼 폭신하고 부드러운 털의 감촉이 느껴졌다. 화이트는 아직 어렸고 주위의 수컷 늑대들도 인정하듯, 매력적이었다. 대부분의 늑대는 파란 눈을 가지고 태어나지만 생후 3개월쯤 되면 그 빛이 노란색 또는 금색으로 변한다. 하지만 화이트의 눈은 계속 아름다운 푸른색이었다.

또 다른 늑대 그레이는 페오보다 나이가 많았다. 갓 태어났을 때 어미의 품에서 빼앗아 가려는 늑대 사냥꾼과 페오의 엄마가 싸워서 겨우 데려온 늑대였다. 그 일로 엄마의 콧대가 부러졌고, 늑대 사냥꾼은 일주일간 병원 신세를 져야 했다. 태어난 첫날부터 힘든 일을 겪어서인지 그레이는 성미가 급했고 다루기 힘들었다. 귀를 쫑긋 세운 모습은 세상에 두려울 것 하나 없어 보였다. 그러나 페오는 그레이를 무서워하지 않았다. 페오는 사실 어떤 동물도 겁내지 않았다.

하지만 굳이 두려운 것을 골라야 한다면 그 대상은 아마도 그레이가 될 것이다.

"완전히 확신할 수는 없지만, 그레이가 나를 물지는 않을 거야. 아마도."

페오는 블랙에게 말했다.

아름다운 털 때문에 4000루블에 팔린 블랙은 페오를 만나기 전까지 그 누구도 따르지 않았다. 숲속의 오두막집에 처음 왔을 때, 블랙은 문을 가릴 정도로 거대했다. 뒷다리로 서서 몸을 들어 올리면 페오 키의 두 배가 될 정도로 컸고, 한 발이 페오의 얼굴만 했다. 하지만 아주 날렵하게 달릴 수 있었다.

늑대가 뛰는 모습은 놀랄 만큼 아름답다.

"진정한 늑대는 폭풍우가 몰아치는 것처럼 달려. 그걸 배워야 해. 알았어?"

페오는 막내에게 말했다.

페오가 귀를 문지르자 막내는 움찔하더니 낑낑거렸다.

"아무 것도 모르는 아기 같구나."

모녀에게 온 늑대들은 대부분 태어날 때부터 붙잡혀서 목에 체인을 건 채로 응접실 안에서 살아왔다.

"이제 좀 달려야 해. 어떻게 하는지 알지? 걷는 거랑 비슷해. 거기서 조금만 빠르게 하는 거야."

막내가 땅을 디디자 눈이 배에 닿았다. 눈이 많이 쌓인 곳을 걸을 때에는 깜짝 놀라 펄쩍 뛰면서 머리를 가슴팍으로 숙였다. 페오는 늑대를 끌어당겼다. 막내는 페오만큼 무거운 것 같았다.

"늑대들은 대담하고, 용감하고, 사나워야 해."

페오는 막내의 귀를 문질러 주었다. 그리고 스키의 가죽 끈을 단단히 고쳐 매고 머리 위에 쌓인 눈이 얼기 전에 털어 낸 다음 머리를 모자 안으로 집어넣었다.

"자, 날 따라와!"

페오는 씩씩하게 달려 언덕 끝에 도달했다. 나무 사이로 불어닥치는 거센 바람 소리 때문에 늑대가 잘 따라오는지 확신할 수 없었지만, 대부분의 늑대들은 본능적으로 잘 따라온다는 걸 알고 있었다. 페오는 뒤를 돌았다. 언덕 꼭대기에 앉은 막내가 만찬에 참석한 듯 여유로운 표정으로 아래를 내려다보고 있었다.

페오는 얼어붙은 콧물을 입술에서 떼어 낸 다음 스키를 타고 언덕을 올랐다.

"넌 정말 아름다워. 너도 알지? 하지만 아직 카펫에 길들여진 느낌이 남아 있어."

페오가 말했다.

"자, 서둘러! 엄마가 걱정하시겠어."

스키를 탄 페오는 주머니에서 뼈다귀 하나를 꺼내 들고 늑대 주위를 맴돌았다. 그리고 언덕 아래로 내려가다가 벼랑 앞에서 몸을 휙 돌렸다. 늑대도 따라 했지만 능숙하거나 우아한 동작은 아니었다. 어쨌든 달리긴 했다. 800미터 정도 연습했을 무렵, 갑자기 막내가 걸음을 멈추더니 몸을 동그랗게 말고 잠이 들었다.

페오는 빙그레 웃으며, 주먹을 쥐고 늑대의 턱 밑을 부드럽게 흔들었다.

"일어나! 여기서 자면 안 돼. 하지만 처음치고는 정말 잘했어."

페오가 뼈다귀를 꺼내자 늑대가 페오의 손바닥을 마구 핥았다. 늑대가 뼈를 씹는데, 이유 없이 페오의 팔과 목 뒤에 소름이 돋았다. 페오는 한 손을 늑대의 목덜미에 얹고, 나머지 손으로 허리춤에 찬 칼을 만졌다. 바람결에 어떤 냄새가 풍겨 왔다.

"그냥 엘크야. 축축한 엘크."

하지만 사실은 젖은 옷에서 나는 냄새 같았다. 페오는 주변을 둘러보았다. 흰 눈과 하늘뿐이었다. 서쪽 하늘이 붉게 물들고 있었다.

페오는 자리에서 일어났다.

"서둘러. 밤에는 몸을 숨겨야 해."

이곳에 온 늑대들은 주로 나무 아래에서 잔다. 하지만 라코프 장군이 다녀간 뒤로, 엄마는 모든 것을 바꿔야 한다고 했다.

"이리 와."

페오는 주위를 조심스럽게 살피며 늑대를 집으로 데려갔다.

"오늘만 난로 옆에 자리를 내어 줄게. 하지만 식기는 먹으면 안 돼. 예전에 우리 포크를 몽땅 먹어치운 늑대가 있었거든. 소화 불량으로 고생 좀 했지."

4장 숲에서 만난 소년

다음 날. 페오는 두 가지 사실을 깨달았다. 막내가 뚱뚱한 게 아니라는 사실과 세상은 안전하지 않다는 사실이었다.

페오는 한 손을 막내의 목에 올린 채 다람쥐를 찾아 숲속을 누볐다. 그러다가 눈을 콕콕 쪼아 대는 갈까마귀를 발견했다.

"먹이야, 먹이! 서둘러!"

막내는 새를 보고 두려움에 떨며 하울링했다. 늑대의 한쪽 배가 움직이며 마구 팔딱거렸다. 그 순간, 나무 위에서 한 사람이 뛰어내렸다. 그는 페오의 머리에 총을 겨눴다.

"손 머리에 올려."

페오는 바로 움직임을 멈췄다. 그리고 가능한 천천히, 상대방이 자신의 움직임을 알아차리지 못하기를 간절히 바라며 늑대 앞을 막아섰다.

"손 들어!"

페오는 손을 올렸다.

"누구세요?"

어지러울 만큼 극심한 공포감이 페오를 덮쳤다. 페오는 늑대의 거대한 몸을 자신의 망토 뒤에 숨기려고 애썼다.

"황제 폐하의 군인이다."

페오는 침을 꿀꺽 삼켰다. 두려움에 머리가 하얘졌다. 혹시라도 막내가 총을 보고 도망갈까 봐 한 손을 슬그머니 내려 목덜미 위에 얹었다.

"가만히 있어."

페오가 속삭였다.

"두 손 다 올려!"

"늑대를 쏘기만 해 봐. 죽여 버릴 거야."

"그래? 그럴 수 있을까?"

군인이 한 걸음 다가왔다.

"죽일 거야! 저리 가. 아니면 확 물어 버릴 테니까."

군인은 놀란 표정으로 걸음을 멈췄다. 페오는 숨을 들이마시고 말했다.

"한 걸음만 더 다가오면, 손가락을 물어뜯어 버릴 거야."

군인은 흥미를 느끼는 것 같았다.

"진짜로 그렇게 할 수 있을까?"

호기심이 가득한 그의 얼굴은 페오가 처음 생각했던 것보다 훨씬 어려 보였다.

"아마도 그럴걸. 네가 계속 거기에 서 있으면 말이야."

페오는 거짓말을 하면서 한 걸음 앞으로 나왔다. 하지만 군인은 움직이지 않았다. 페오는 덜덜 떨리는 손을 등 뒤로 감춰야 했다.

"그러니까, 우리에게 총을 겨누지 말아 줘."

하지만 군인은 여전히 꼼짝도 하지 않았다.

"총을 겨누는 건 상상력이 부족한 거라고 우리 엄마가 말했어."

페오는 턱으로 막내를 가리켰다.

"그리고 내 옆에는 맹수가 있어."

"나도 알아. 아까부터 지켜보고 있었지."

군인은 군복에서 솔잎을 떼고 머리에서 눈을 털어 냈다. 어른이라기에는 목소리가 좀 가늘었다. 소년의 목소리였다.

"그 늑대, 사납진 않지?"

페오는 그 말이 거슬렸다.

"어제보다 훨씬 나아졌어. 어제 얘를 봤다면, 뜨개질을 해도 이상하다고 생각하지 않았을걸. 게다가 얜 지금 임신 중이라고."

페오는 지금 막 짐작한 사실까지 덧붙였다.

"설마 임신한 늑대를 죽이지는 않겠지? 새로운 생명을 세상에 내보내기도 전에 죽임을 당하는 건 너무 가혹한 일이야."

"하지만 그래야만 해."

소년이 자신의 팔을 문지르며 말했다. 소년은 키가 크고 금발 머리였으며 마른 체구였다. 손에 드러난 뼈가 살갗을 뚫고 나올 것 같았다. 그리고 도시 억양이 두드러지는 부드러운 말투를 썼다. 군인처럼 보이지는 않았다.

"유감스럽게도 내가 해 줄 수 있는 일은 없어. 난 규칙을 지켜야 하거든."

"아니, 그렇지 않아."

페오는 한 발짝 앞으로 나왔다.

"제발 부탁이야. 규칙을 꼭 따라야 하는 건 아니잖아."

"규칙을 어기면 벌을 받게 될 거야."

"늑대를 죽이면 늑대처럼 너를 먹어 버릴 거야."

그 말이 생각했던 것만큼 무섭게 들리지는 않는 것 같았다. 페오의 한 손은 계속 막내의 위에 얹어져 있었다.

소년은 고개를 저었다.

"총을 가지고 있는 사람은 바로 나야. 단 한 발로 늑대를 죽일 수도 있어."

맞는 말이었다. 페오는 노려보는 것 말고 달리 할 말이 없었다.

"누가 벌을 주는데? 라코프 장군?"

"그렇게 크게 말하지 마!"

소년은 당장이라도 라코프 장군이 나무 뒤에서 나올 것처럼 주위를 두리번거렸다.

"그래, 맞아."

"그 사람이 어떻게 하는데?"

"보통 장군이 나서서 무언가를 하지는 않아. 장군은 감시하는 걸 좋아하지."

소년의 목소리에 두려움이 묻어났다. 페오는 몇 마디 말로 그토록 극심한 공포심이 전해질 수 있다는 사실에 놀랐다.

"부하들이 우리를 서재로 데려가. 한번은 피를 3일 동안 흘리기도 했지."

소년은 기억을 떨쳐내려는 듯이 어깨를 움츠렸다.

"나는 늑대를 쏴야만 해. 넌 이해 못하겠지만 내가 하고 싶은지 아닌지는 중요하지 않아. 여섯 명이 한 조로 근무하니까, 내가 아니더라도 누군가는 이 일을 하게 될 거라고."

"뭐라고?"

페오는 주위를 둘러보았다. 주변은 고요했다.

"어디에서?"

칼을 더 많이 가져왔어야 했다고 생각했다. 이런 바보 같은 실수를 하다니.

"여긴 아니야. 32킬로미터 단위로 구역을 나눴어. 라코프 장군이 늑대를 훈련시키는 사람을 보면 누구든 잡아 오라고 했거든. 늑대는 총으로 쏴 버리라고 했고. 이게 우리가 받은 명령이야."

"난 늑대를 훈련시키지 않았어. 놀고 있었을 뿐이야."

"그냥 노는 것처럼 보이지는 않던데."

소년의 말이 끝나자마자 멀리서 나뭇잎이 바스락거리는 소리가 났다. 소년은 깜짝 놀라 터져 나올 뻔한 비명을 겨우 삼켰다. 나무 사이를 지나 빠르게 다가오는 검은 늑대의 뒷모습이 보였다.

"안 돼."

페오는 자신이 아는 가장 심한 욕을 나지막이 내뱉었다.

"저건……."

"블랙, 도망쳐!"

페오가 교회 쪽을 가리키며 소리쳤지만 소용없었다. 늑대는 점점 가까이 왔다.

"블랙, 제발 가! 이 사람은 총을 가졌어."

소년은 총을 들었다.

"안 돼! 저리 가!"

페오는 막내 옆을 떠날 수 없었기 때문에 소년을 향해 침을 뱉었다. 소년이 한 걸음 뒤로 물러섰다. 이걸로는 충분하지 않다.

"잘 들어. 만약 늑대를 쏘면 어디서 자는지 알아내서 밤에 널 찾아

갈 거야."

소년의 눈이 휘둥그레졌다.

"농담이 아니야. 진짜야."

마침내 나무 사이에서 블랙이 모습을 드러냈다. 소년이 비명을 지르자 페오는 눈을 꼭 감고 몸을 던져 막내를 감싸 안았다. 하지만 총소리는 나지 않았다. 슬그머니 눈을 떴다. 소년은 얼어붙은 채 그 자리에 서 있었다. 총을 든 손이 덜덜 떨렸다.

블랙은 눈 위를 미끄러지듯 걸어와 페오의 다리 위에 자신의 머리를 얹었다. 페오의 몸이 떨리자 블랙은 상황을 알아차리고 낮게 으르렁대기 시작했다.

"이것 참."

페오가 말했다.

"왜 그래?"

"블랙이 널 싫어해."

"왜 싫어하는데?"

"내가 널 싫어하니까. 블랙은 그걸 느끼는 거야."

"그럼 그만둬."

"널 싫어하는 걸?"

"그래! 지금 당장 그만둬."

"네가 시작한 거야. 나에게 총을 겨누고 있잖아."

"명령이다. 그 늑대를 통제해."

"못 해. 늑대는 통제할 수 없는 동물이야. 내가 부탁한 일을 해 줄 때도 있고, 하지 않을 때도 있지. 늑대는 애완동물이 아니란 말이야."

페오는 '애완동물'에 힘을 주어 말했다. 블랙이 또다시 으르렁거렸고, 그 소리에 나무에 내려앉은 눈이 후드득 떨어졌다.

소년은 나뭇잎처럼 떨었다.

"저리 가라고 해!"

"그럼 총을 내려."

페오는 위험을 무릅쓰기로 결심하고 소년을 등진 채 눈 위에 주저앉았다.

"블랙, 괜찮니?"

페오는 한 손으로 블랙의 얼굴을 잡고 주둥이에 따듯한 바람을 불어 주었다.

"걱정하지 마. 아무도 해칠 필요 없어."

페오는 소년을 곁눈질로 쳐다보았다.

소년은 총을 눈 위에 내려놓았다. 대신 주먹을 꽉 쥐었다.

"상황이 나아지면 알려 줄게."

페오가 블랙에게 말했다. 늑대는 말을 알아듣지 못했지만, 부드럽게 속삭이는 페오의 어조가 늑대를 안심시켰다. 치솟았던 목 뒤의 털이 가라앉았다.

소년은 과장되게 목을 가다듬더니 이야기를 꺼냈다.

"그럼, 이제 어떻게 하지?"

"우리를 봤다는 걸 아무에게도 말하지 않겠다고 맹세해. 자는 동안 늑대에게 발가락을 물어뜯기고 싶지 않다면 말이야."

페오는 험악한 말투로 으름장을 놓았다.

"난 너를 체포해야 해. 너를 만났는데도 데려오지 않았다는 사실이 밝혀지면, 나는……"

"어떻게 되는데?"

"알고 싶지 않을걸."

"아니, 좀 알고 싶어."

"아니, 알고 싶지 않을 거야. 러시아 군대는 칭찬이나 인정 따위 없는 집단이라고. 난 너를 체포해야 해. 알았어? 지금 체포할 거야. 준비됐어?"

소년이 일어나서 몸을 폈다. 페오보다 30센티는 더 커 보였다.

페오는 소년을 바라보았다. 서 있는 모습을, 그리고 눈 주변과 손목의 피부를 살펴보았다. 손목을 보면 많은 것을 알아낼 수 있기 때문이다.

"너 나랑 동갑이지?"

"아니! 난 열세 살이야. 조금 있으면 열네 살이 된다고."

"어쨌든 누군가를 체포하기에는 어린 나이야."

"다른 사람들을 부를 거야. 여기 호루라기도 있어."

소년은 외투 주머니를 가리켰다.

"지금 당장 호루라기를 불 거야. 그래야 하니까."

소년은 제복의 금빛 단추를 풀려는 듯 만지작거렸다.

그때 블랙 옆에 앉아 있던 막내가 숨을 헐떡거렸다. 막내는 몸을 기울이고 가는 목소리로 짧게 하울링했다.

"세상에! 막내가!"

페오의 심장이 마구 뛰었다. 그 순간, 소년의 총 따위는 신경도 쓰이지 않았다.

"무슨 일이야?"

"조용히 해. 막내가 집중할 시간이 필요해."

"왜?"

"쉿!"

"늑대가 왜 집중해야 하는데?"

"새끼를 낳으려고 해!"

페오는 꿈틀대는 막내의 배에 손을 올렸다.

"잘하고 있어. 괜찮을 거야."

페오는 막내의 주둥이에 손을 대고 호흡을 살폈다. 호흡은 거칠었고, 몸의 근육은 팽팽했다. 늑대는 절박한 눈빛으로 거칠게 숨을 몰아쉬었다.

"지금? 얼마나 걸릴까?"

소년이 다가왔다.

"뒤로 좀 물러나 줄래? 주변에서 성가시게 하지 마. 그리고 물론, 지금 낳으려고 하는 거야."

소년은 한 발짝 뒤로 물러섰다. 군인 같은 딱딱한 자세가 풀어지니 보통의 소년 같은 모습이었다.

"내가 지켜봐도 될까?"

"그 총을 나에게 준다면."

소년은 망설였다.

"그렇지만 넌……."

"널 쏘지 않을 거야, 아마도. 하지만 총을 들고 우리 옆에 있을 수는 없어. 아기를 낳으려는 늑대 옆에 총을 가지고 오면 안 되지."

페오는 마치 그런 규칙이 있는 것처럼 말했다.

소년은 바로 페오에게 총을 건넸다. 페오는 총을 받아 냄새를 맡아 본 뒤 숲속 멀리 던져 버렸다.

"이 이상 오면 안 돼."

페오는 눈 위에 선을 그었다.

페오가 막내를 돌보는 동안, 소년은 그 자리에서 기다렸다. 출산하는 늑대를 위해 신경 쓸 일이 많았다.

막내의 호흡이 짧아졌다. 주둥이 주변의 눈이 콧김에 날렸다.

소년은 좀 더 가까이 와서 무릎을 꿇고 앉았다. 건너편에 있는 늑대 두 마리의 숨결이 느껴졌다.

"아플까? 고통스러워 보여."

"당연히 아프지! 하지만 사람이 아기 낳는 것보다는 덜 힘들다고 엄마가 그랬어. 왜냐하면 늑대는 머리가 작거든."

"내가 도울 일이 있을까? 참, 나는 일리야라고 해."

"아니. 아직은 없어. 저쪽으로 물러나 있어."

"네 이름은 뭐야? 다른 군인들이 그러는데, 너랑 너의 엄마는 사회 부적응자래."

"그냥 좀 조용히 할 수 없어? 지금 중요한 일을 하잖아."

"어쨌든 네 이름을 알긴 해. 페오도라."

페오는 소년의 말을 무시했다. 누구든 자신의 이름을 전부 다 부르면 대답하지 않는다. 페오만의 규칙이었다.

막내는 누운 채 숨을 헐떡이며 하울링했다. 잠시 후, 촉촉하게 젖은 조그마한 털 뭉치가 나왔다. 페오는 뭘 해야 할지 몰라서 숨을 죽이고 있었다. 그런데 털 뭉치가 움직이지 않았다. 막내는 고개를 숙여 냄새를 맡고 새끼를 핥기 시작했다. 그러더니 몸을 돌려 버렸다. 막내의 입에서 흐느끼는 듯한 소리가 흘러나왔다.

"이번엔 뭐야?"

일리야가 물었다.

"나도 몰라. 막내야…… 괜찮니?"

페오는 젖은 털 뭉치를 조심스럽게 들어 올렸다. 작은 털 뭉치는 꼼짝도 하지 않았다. 망토 끝자락으로 작은 몸을 문질렀다. 하지만 아무 일도 일어나지 않았다. 손가락으로 만져 봤다. 심장 박동이 느껴지지 않았다.

"괜찮은 거야?"

일리야가 물었다.

"아니."

페오는 황급히 새끼의 입을 벌리고 숨을 불어 넣었다. 여전히 움직이지 않았다. 몸은 이미 차갑게 식어 있었다.

"무슨 일이야?"

"새끼가 죽었어. 사람들이 막내에게 먹이를 제대로 주지 않아서 이렇게 된 거야."

"죽었다고? 왜? 어떻게 해 볼 수 없을까?"

"이미 늦었어. 배 속에서부터 죽어 있었던 것 같아. 제대로 크지도 못했어. 여기 와서 봐도 돼."

페오는 우는 모습을 들키지 않으려고 고개를 떨궈 머리카락을 앞으로 내렸다.

"사람들은 늑대를 어떻게 먹여야 하는지도 몰라. 바보들."

막내는 다시 안간힘을 썼다. 그리고 생전 들어 보지 못한 소리를 내며 울었다.

"잠깐, 한 마리가 더 있어! 힘 줄 동안 조용히 해!"

페오는 막내의 머리를 쓰다듬으며 엉덩이 쪽을 살폈다.

"잘했어! 계속해. 할 수 있어."

"무슨 일이야?"

일리야가 물었다.

"조용히 해 달라는 말이랑 늑대가 널 물어 버릴 거라는 말 중에서 어떤 걸 못 알아들은 거야?"

페오의 가슴이 타오르는 듯했다. 자신이 숨을 참고 있다는 사실조차 몰랐다. 페오는 숨을 크게 들이마신 다음 이야기했다.

"미안. 소리치려던 건 아닌데…… 막내는 지금 집중해야 해."

페오는 늑대의 등을 쓰다듬으며 머리에 떠오르는 모든 성인들에게 새끼가 무사히 태어나게 해 달라고 기도했다.

막내가 다시 힘을 줬다. 덩어리 하나가 페오의 손 위로 미끄러졌다. 전의 새끼보다 더 컸고, 힘겹게 꿈틀거리고 있었다.

"움직인다! 살아 있어!"

일리야가 말했다.

페오가 활짝 웃었다.

"그래. 하지만 아직 말하지 마. 부정 탈 수도 있으니까."

페오는 새끼를 막내의 얼굴 가까이에 놓아 주었다.

초보 엄마는 새끼를 깨끗하게 핥았다. 늑대는 고양이처럼 가르랑거리지 않지만, 기쁠 때는 몸을 떨곤 한다. 막내는 몸을 떨면서 페오의 무릎에 털 뭉치를 올려놓았다.

"저것 봐!"

일리야가 소리를 질렀다.

털 뭉치가 움직이며 종잇장이 바스락거리는 듯한 기침 소리를 냈다. 콩알만큼 작은 심장이 뛰는 게 느껴졌다.

페오는 고개를 숙이고 새끼 늑대에게 속삭였다.

"태어난 걸 축하해, 꼬마야."

마치 세상을 얻은 기분이었다.

"와, 늑대가 페오도라 너에게 새끼를 맡겼어!"

"늑대는 무리 생활을 하는 동물이거든. 그래서 공동육아를 해."

일리야는 블랙이 음식을 발견했을 때와 똑같은 표정을 지었다. 굶주린 듯, 간절함이 담긴 표정 말이다. 페오는 일리야에게 옆자리를 내주었다.

"자, 와서 봐."

"앞이 안 보이나 봐! 페오도라, 어떻게 좀 해 봐."

"지금은 앞이 안 보이는 게 정상이야. 열흘 정도 지나야 눈을 떠."

새끼 늑대의 어깨와 엉덩이는 뾰족했다. 몸은 검은색이었고, 발끝에 흰 털이 나 있었다. 가슴 털엔 회색이 섞였다. 눈도 못 뜬 상태였지만, 페오가 막내의 배 쪽에 갖다 대자 젖을 먹으려고 털을 헤집기 시작했다. 페오는 웃었다. 마치 노인이 춤을 추는 것처럼 보였기 때문이다.

일리야는 새끼를 만져 보려고 손을 뻗었다가 망설이더니, 결국 손을 다시 집어 넣었다. 그리고 말했다.

"저것 좀 봐. 젖을 먹고 있어. 그렇지? 너무 뚱뚱해지면 안 된다."

페오가 쳐다보자 일리야는 얼굴을 붉히며 설명했다.

"어릴 때 우리 엄마가 늘 하시던 얘기야. 엄마가 돌아가신 후로는 들어 본 적이 없지. 아빠는 마른 아이가 더 쓸모 있다고 생각하셨거든. 그래서 항상 음식을 적게 주라고 하셨어."

일리야는 새끼에게 더 가까이 다가갔다.

페오는 일리야의 말이 잘 이해되지 않았다. 하지만 일리야는 페오를 보지 않고, 막 세상에 태어난 늑대 새끼에게 시선을 고정했다. 새끼는 정말 작은 소리로 재채기했다.

"난 페오야. 페오도라가 아니라."

"페오, 내가 새끼를 만져 봐도 될까?"

"이것 봐, 남자아이야. 그리고 허락은 내가 아니라 막내의 마음에 달렸어."

하지만 일리야의 얼굴은 이미 기대감으로 빛났다.

"막내가 네 손을 볼 수 있게 한 다음 천천히 움직이면 물지 않을 거야. 양손이 다 보이지 않을 때 불안해하거든."

일리야는 늑대를 쓰다듬으면서 몸을 떨었다. 페오는 소년을 바라보았다. 소년의 눈썹은 잘 보이지 않을 정도로 밝은 금발이었다. 엄청나게 밝은 금발 눈썹 위에 눈이 덮여 있었다. 그리고 한쪽 눈꺼풀 위의 상처도 보였다.

"이런 생명체를 쏘라고 하다니. 라코프 장군은 늑대가 악한 동물이라고 했어."

"두려우니까 그런 말을 하는 거야. 두려움은 증오만큼 위험해. 동물들은 그 사실을 잘 알고 있지."

"이 발톱 좀 봐!"

일리야의 말에 페오가 발톱으로 시선을 돌렸다. 손톱깎이로 잘라낸 사람의 손톱 같이 아주 작고 가는 발톱이었다. 일리야는 새끼손가락 끝으로 새끼의 발을 쓰다듬었다.

"새끼 늑대를 쏠 수는 없어. 이제 막 태어난 생명이잖아."

아이들은 자리에 앉았다. 늑대와 아이들은 한참 동안 같이 시간을 보냈다. 소년과 소녀는 별말 없이 늑대와 새끼 늑대를 바라보기만 했다. 새끼 늑대는 엄마의 품에서 서툴게 젖을 먹고, 등산을 하듯 엄마의 품을 파고들었다가 눈 위에 굴러떨어지기도 했다.

다른 늑대들 생각이 떠올랐을 때는 이미 땅거미가 드리워진 시간이었다. 막내는 새끼를 입에 물고 어디로 가야 하냐고 묻는 듯 페오를 쳐다봤다.

"이제 우린 가야 해. 안녕."

"어디로 데려갈 거야?"

페오는 머뭇거리다가 입을 뗐다.

"아무에게도 말하지 않겠다고 약속할 수 있어?"

"절대로 말 안 해! 맹세할게, 페오."

"우리 집으로 데려갈 거야. 막내가 원한다면 집 안으로 들이고, 그렇지 않으면 현관에서 재우려고. 그런데 사람들이 우릴 봤을까?"

"아니. 이 주변 10킬로 정도는 내 담당 구역이거든."

일리야는 소매의 금빛 단추 쪽으로 시선을 떨구며 말했다.

"다시 와도 될까, 페오?"

"그런데 사람들이 널 때리지는 않을까?"

일리야는 어깨를 으쓱거리며 다시 물었다.

"여기 다시 와도 되지?"

"좋아. 원한다면."

"야생성 되찾기 훈련도 도와줄게."

"그렇게 쉬운 일이 아니야."

페오는 터져 나오려는 웃음을 꾹 참았다. 군인에게 웃어 주기에는 아직 이르다고 생각했다.

"함께 있는 건 괜찮아. 대신 총을 가져오면 안 돼. 그리고 네가 본 것을 아무에게도 말하지 않겠다고 약속해. 어긴다면 늑대에게 잡아 먹히는 고통을 당해도 좋다고 맹세해야 해."

"좋아. 만일 죽어야 한다면, 그런 죽음은 그나마 재미있을 거야."

일리야는 페오가 전에 들어 본 듯한 도시 억양으로 대답했다.

5장 일리야와 페오

다음 몇 주는 페오의 인생에서 가장 행복한 시기였다. 늑대들은 되도록 페오의 집 가까이에서, 군대에서는 멀리 지냈다. 엄마 마리나가 칼을 들고 주변을 순찰했지만 회색 코트를 입은 군인들은 보이지 않았다. 새끼 늑대는 비록 아직 눈도 뜨지 못한 상태였지만 늑대답게 뛰어난 동물적 감각과 지능을 가진 것으로 보였다. 물론 깨어 있는 시간보다 자는 시간이 훨씬 길었지만 말이다. 새끼 늑대는 집 밖에서 막내의 옆에 꼭 붙어 잤다. 동이 트면 페오는 새끼를 무릎에 올려놓고 창가에 앉았다. 그동안 막내는 눈 냄새를 맡거나 신선한 새벽 공기를 들이마시고, 집 주변에 있는 것들을 씹어 보다가 한두 시간 동안 갑자기 사라져서 달리는 연습을 하기도 했다.

일리야는 가끔씩 예고 없이 나타났다. 처음에는 땔감을 자르거나 스키에 기름칠을 하는 페오를 보고 우연히 마주친 척했다.

"깜짝 놀라는 척하는 얼굴이 부자연스러워. 그런 연기는 아무도 믿지 않을걸."

페오는 말했다.

블랙과 화이트는 일리야에게 다가가 킁킁댔다. 하지만 먹을 수 없는 것이라는 사실을 안 다음부턴 일리야에게 관심이 없었다. 그레이만 내내 일리야를 주시했다. 그레이는 일리야가 떠날 때도 숲의 끝까지 쫓아가서 그를 지켜보았다. 적대감을 드러내지는 않았지만, 쿠션과 따뜻한 차를 대접하는 식의 따뜻한 호의를 보이는 것도 아니었다. 새끼 늑대는 일리야의 냄새를 기억하고, 일리야가 가까이 올 때마다 작은 울음소리를 내며 휘청휘청 다가갔다. 일리야는 새끼 늑대의 엉덩이를 한 손으로 받쳐 들고 페오에게 다른 군인들의 근황과 지방에서 일어나는 혁명에 관한 소식, 그리고 그에 대한 황제의 근심과 두려움에 대해 말해 주었다. 페오는 지금까지 숲 밖의 이야기를 들은 적이 거의 없었기 때문에 일리야의 말을 열심히 들었다. 그리고 라코프 장군에 대해서 말해 달라고 졸랐다.

"일요일에 라코프 장군이 소년 병사들을 집합해서 밤새 발코니 난간에 매달리게 했어. 손을 놓으면 땅에 닿기 전에 쏴 버린다고 했지. 미친 게 틀림없어. 아니면 미쳐 가는 중이거나. 사람들이 그러는데 5년 전에는 이러지 않았대."

"황제는 왜 그런 사람을 그냥 내버려 두는 거야?"

"황제에게 아픈 아들이 있어. 그래서 다른 데 신경을 쓰지 못하고 그냥 두는 거야."

"아들이 있는 줄 몰랐어."

"누구나 알고 있는 건데, 넌 바깥소식을 거의 모르는구나."

페오는 혀를 쏙 내밀며 말했다.

"러시아는 그냥 내버려 두기에 너무 넓은 나라인데."

"맞아. 그래서 지금 라코프 장군이 하고 싶은 걸 맘대로 할 수 있지. 이상한 일만 하려는 게 문제지만 말이야. 한번은 나이 든 거지를 눈 속에 파묻어 버린 적도 있었어. 황제는 절대로 이 사실을 모르겠지."

일리야의 말을 들으며 페오는 두려워하는 티를 내지 않으려고 애썼다. 일리야는 소년 병사들을 위한 작은 도서관에 대해서도 이야기해 주었다. 일리야는 그곳에서 가끔 책을 훔친다고 했다.

"군대 전체에서 유일하게 괜찮은 곳이야. 가끔은 베개 아래에 사전을 두고 자. '집합'이란 말보다 더 많은 단어가 있다는 걸 기억하기 위해서 말이야."

페오는 일리야에게 늑대의 야생성 되찾기 훈련과 그 전통에 대해서 이야기해 주었다.

"우리는 늑대에게 사람의 이름을 붙이지 않아. 늑대들은 이미 이름을 가지고 있으니까 우리가 다시 이름을 붙여 줄 필요는 없지. 그래서 그냥 색깔이나 다른 특징으로 불러. '막내'처럼 말이야."

"이번에 태어난 새끼 늑대는 뭐라고 부를 거야?"

"아직은 모르겠어. 늑대들은 생후 몇 년에 걸쳐 색이 바뀌거든. 그래서 확실해질 때까지는 이름을 정하지 않아."

페오는 표트르 1세 시절부터 집안 대대로 울프 와일더 일을 해 왔다고 말했다. 이 말을 들은 일리야가 놀라지 않은 척하고 있다는 생각이 들었다.

막내가 처음으로 고기 자르는 법을 배우는 날, 일리야는 멀찍이 떨어져서 페오와 늑대들이 눈밭에서 뒹구는 모습을 지켜봤다. 페오가 앞에서 스키를 타고 가면서 용기를 북돋우는 말을 하면, 일리야는 막내가 잘 달릴 수 있게 뒤에서 밀어 주었다. 또 막내가 꽁꽁 언 엘크의 시체를 발견해 의기양양하게 먹어 치우고는 일리야의 부츠에다 토한 날에도 일리야는 이들과 함께였다.

"안 믿기겠지만 라코프 장군은 부츠와 군복 단추가 깨끗하지 않으면 우릴 때려."

"자, 눈을 묻혀서 닦아."

페오는 천 조각 하나를 건넸다.

"아직도 냄새가 나는데."

"상트페테르부르크에서 유행하는 향수라고 둘러대. 동물과 함께 지내려면 약간의 더러움은 감수해야 해."

"그래, 널 보니 알겠다. 하지만 대부분의 사람들은 동물의 토사물을 '약간의 더러움'이라고 생각하지 않을걸."

페오는 혀를 쏙 내밀었다. 엘크 고기를 미심쩍게 탐색하던 화이트도 똑같은 표정을 지었다.

"가르치듯 말하지 마. 보통 사람들은 스스로 동물을 좋아한다고 생각하지만, 실제로는 동물을 좋아한다는 생각만을 좋아해. 진짜 동물은 생각보다 지저분하다고."

"페오, 내 양말 안에 엘크 고깃덩어리가 있어!"

"잘됐다! 이제 막내가 너를 친구라고 생각하나 봐!"

새끼 늑대가 눈을 뜬 날에는 아이들이 모여 파티를 했다. 아이들은 군인들의 눈에 띄지 않게 집 뒤에 숨어서 새끼를 위한 눈 왕관을 만들고, 엄마의 침실에서 몰래 가져온 붉은 쿠션 위에 그 왕관을 올려놓았다. 아직 이가 나지 않은 새끼 늑대는 파티 내내 잇몸으로 쿠션 깃털을 잘근잘근 씹었다. 겨울의 끝자락이라 음식이 넉넉하지 않은 시기였다. 그래서 일리야가 가방에서 파이를 꺼냈을 때, 페오는 혀의 감각이 전부 곤두서는 느낌을 받았다. 간 고기에 토마토소스를 곁들인 파이가 아이들의 손에서 부서지며 뚝뚝 흘러내려 흰 눈을 핏빛으로 물들였다.

"어디서 가져왔어?"

페오가 물었다. 파이는 토마토소스와 양념이 어우러져 깊은 맛이 났고 빵 반죽 부분은 바삭바삭했으며 진한 버터향을 풍겼다. 그동안 먹어 본 파이 중 가장 맛있는 파이였다.

"훔쳤어. 생각보다 쉽던걸. 훨씬 어려울 줄 알았는데."

그때, 까마귀 한 마리가 푸드덕 날아올랐다. 페오는 까마귀를 가리
키며 막내에게 외쳤다.

"가서 잡아 와!"

하지만 늑대는 앉은 자리에서 새끼를 핥을 뿐이었다. 일리야가 말
했다.

"표정 봤지? 널 놀리는 것 같은데? 저건 사람들이 고양이에게 드레
스를 떠 줄 거라든지, 양을 주황색으로 칠할 거라고 말할 때 짓는 표
정이라고."

"조용히 해. 막내는 매일 발전하고 있어. 난 다 알아."

"너나 조용히 해. 안 그러면 라코프 장군에게 막내에 대해서 다 일
러바칠 거야."

페오는 일리야의 말을 무시했다. 일리야가 고발하지 않을 것을 잘
알기 때문이다.

"엄마가 그러는데, 울프 와일더 일은 늑대가 타고난 용감함을 발휘
하게 돕는 일이랬어. 어려운 일이지만 다른 사람의 도움은 필요 없어."

🐾🐾

이 말은 후에 틀린 것으로 판명되었다. 일리야의 도움으로 페오가 목숨을 구했기 때문이다.

한밤중에 일리야가 페오의 창문을 두드렸다. 파이를 먹는 꿈을 꾸던 페오는 깨고 싶지 않았지만 겨우 일어나서 창문을 열었다. 찬 바람이 훅 들어왔다.

"무슨 일이야?"

일리야는 대답하지 않고, 병든 고양이 같은 소리를 냈다.

"일리야, 대체 무슨 일이야?"

"스키를 타고…… 급히…… 왔어."

일리야가 헐떡거렸다.

"왜?"

"너에게 알려 주려고. 그 사람들이…… 오고 있어. 라코프 장군과 네 명의 군인들이."

차가운 새벽 공기가 갑자기 탁하게 느껴졌다.

"괜찮니? 어서 안으로 들어와."

페오는 일리야가 아직 스키를 신고 있는 것도 알아차리지 못하고, 붙잡아서 창문 안쪽으로 잡아당겼다. 일리야는 몸을 반만 걸친 채 발버둥 치다가 겨우 집 안으로 들어왔다. 일리야의 얼굴이 땀과 눈물로 번들거렸다.

"어떻게 된 거야?"

처음에는 일리야가 너무 빨리 말하는 바람에 무슨 말인지 알아들을 수 없었다. 일리야는 숨을 고르고 다시 이야기하기 시작했다.

"막내가 소를 죽였어. 그리고 음식이 없어지고 있는데, 사람들은 막내가 파이를 훔쳤다고 생각해."

"하지만 파이는 네가 훔친 거잖아! 우리를 위해서!"

페오는 일리야를 한참 쳐다보더니, 고개를 돌리고 소리쳤다.

"엄마! 엄마!"

"그리고 군인들이 막내를 쫓아갔는데 막내가 군인 한 명을 물었어. 그러자 군인들이 총으로 막내를 쐈어."

"총으로 쐈다고?"

페오는 그대로 굳어 버렸다. 세상이 멈춘 것 같았다.

"미안해. 막으려고 했지만……."

"막내라고? 군인들이 막내를 쐈다고?"

페오는 일리야의 스키 폴을 떨어트렸다.

"응. 막내는 죽었어."

"안 돼."

페오의 목소리가 자신의 것이 아닌 듯이 갈라져 나왔다.

"페오."

"방금 전까지 살아 있었어. 저녁으로 까마귀 고기를 줬다고."

페오는 벽에 기대 힘없이 바닥으로 주저앉았다.

"정말 막내가 죽은 거야?"

"미안해, 페오."

"말도 안 돼, 일리야. 그럴 순 없어."

눈물이 페오의 얼굴을 타고 흘러내렸다.

"막내는 죽었어. 막으려고 했어. 정말 막으려고 했지만 그럴 수 없었어."

페오는 그제야 일리야의 코와 턱에 얼어붙은 눈물 자국을 보았다. 바닥이 빙글빙글 도는 것 같았다.

"누가? 누군지 말해 줘. 내가 가서 죽여 버릴 거야."

"그럴 시간이 없어. 군인들이 다른 늑대들을 죽이려고 이리로 오고 있어. 너희 엄마를 잡아갈 거야. 황제의 명령을 거역한 죄로."

"황제? 한 번도 만나지 않은 사람의 말을 어떻게 거역한단 말이야?"

"너희 엄마가 경고를 무시했다고 했어. 제발, 페오."

일리야는 페오의 양팔을 붙잡고 일으켜 세우려 했다. 일리야의 얼굴에 눈물과 콧물이 흘렀다.

"그들이 지금 오고 있다고."

"정확히 언제쯤 도착할 것 같니?"

엄마가 문간에 서서 말했다.

"엄마, 막내가……."

"다 들었다. 괜찮아. 겁먹을 필요 없어."

엄마의 목소리는 날카로웠지만, 엄마를 보니 마음이 조금 진정되었다. 엄마가 일리야를 향해 말했다.

"우리에게 남은 시간이 얼마나 되지?"

"저는 스키를 타고 최대한 빨리 왔지만, 그들은 말을 타고 올 거예요. 썰매를 타고 올 수도 있고요. 아마도 30분, 아니면 10분 정도밖에 안 남았을지도 몰라요."

"고맙구나."

엄마는 쪼그려 앉아 페오를 꽉 껴안았다.

"엄마가 말했던 계획 기억하지?"

"가방은 뒷문 옆에 있어요."

페오는 그 가방이 필요할 때가 올 거라고 생각하지 못했다. 가방 안에 무엇이 들었는지 떠올려 봤다. 좀 더 신중하게 가방을 챙길걸, 하는 생각이 들었다. 모든 게 영원히 변하지 않을 거라고 생각하던 때가 있었다. 집은 영원한 안식처일 거라 생각했다.

"일리야, 보초를 서 줄 수 있겠니? 그들이 보이면 소리쳐 줘."

"네."

일리야는 경례를 하고, 집으로 이어진 길이 잘 보이는 곳으로 가서 섰다.

"페오, 옷 입고 교회로 가서 기다려. 네가 늑대들을 데리고 교회로 갈 수 있을 만큼 시간을 끌어 줄게. 그리고 엄마와 만나서 남쪽으로 가자. 모스크바로 가는 거야. 알겠지?"

"네."

페오는 머리카락으로 얼굴을 닦으며 대답했다.

"그럼 서둘러, 아가."

페오는 옷장에서 가장 두꺼운 치마와 따뜻한 부츠를 꺼냈다. 그리고 엄마 방으로 가서 셔츠를 꺼내 입었다. 좀 컸지만 가지고 있는 옷 중 가장 두껍고 따뜻한 옷이었다. 그 위에 스웨터와 빨간 망토를 걸쳤다.

문가에서 비명이 들렸다. 일리야의 목소리였다. 문이 쾅하고 열렸다. 집안은 껌껌했다. 페오는 방에서 나와 거실로 달려갔다. 고함 소리, 무언가 부서지는 소리, 그리고 무거운 부츠 소리가 났다.

네 명의 군인은 각각 횃불을 들고 있었다. 그림자 때문에 얼굴은 잘 보이지 않았지만, 모두 덩치가 거대했다. 피부가 거친 중년의 남자들이었고, 총을 가지고 있었다. 한 명이 명령을 내리자, 나머지 군인들이 램프를 집어 던지고 소총의 개머리판으로 창문을 깨트렸다. 페오는 벽에 붙어 섰다. 심장이 목구멍으로 튀어나올 것 같았다. 페오는 다시 방으로 돌아가서 스키를 집어 들었다. 거실에서 엄마 목소리가 들렸다. 그리고 남자가 울부짖는 소리도 들렸다.

페오는 스키를 손에 쥐고 살금살금 거실로 나갔다. 벽을 등지고 칼을 휘두르는 엄마의 그림자가 보였다.

페오는 마구잡이로 스키를 휘둘렀다. 방 안이 어두웠지만 페오에게 돌진하는 남자에게서 익숙한 담배 냄새를 맡을 수 있었다. 라코프 장군이었다. 페오는 뱅글뱅글 돌며 스키를 마구 내둘렀다. 라코프 장군이 콧방귀를 뀌었다. 분노에 차서 낸 소리일 테지만 웃음소리처럼 들렸다.

"웃지…… 마!"

페오는 아랫입술을 깨물며 스키를 거꾸로 돌려서 단단히 쥐었다. 이번에는 휘두르는 대신 앞을 향해 훅 찔렀다.

훨씬 나았다. 스키가 그토록 위협적일 수 있다니, 놀라울 정도였다. 페오의 스키가 한 군인의 목에 명중했다. 군인은 소리를 지르며 한 손으로 다친 목을 감싸 쥐고, 다른 손을 휘저으며 페오의 스키를 빼앗으려 했다. 페오는 다시 라코프 장군을 향해 스키를 찔렀다.

연약한 부위를 푹 찌른 듯한 느낌이 들어 소름이 끼쳤다. 라코프 장군은 비명을 지르며 페오에게 다가왔다.

"안 돼!"

페오의 숨이 턱 막혔다. 상황을 제대로 파악하지도 못한 채 스키를 버리고 밖으로 도망쳤다. 의자를 밟고 넘어가서 뒷문을 열고, 가방을 낚아채 달아났다. 뒤에서 캑캑거리며 고함치는 소리가 났고, 엄마의 비명이 들렸다. 눈물이 앞을 가렸다. 연기까지 더해져 눈을 제대로 뜰 수도 없는 상황이었다. 불길이 나무집 창문 밖으로 치솟고, 검은 연기가 차가운 공기 중에 퍼졌다.

페오는 불타는 집을 몇 초간 멍하니 바라보기만 했다. 잠시 후, 페오는 두 손으로 귀를 막고 소리를 질렀다. 울프 와일더는 비명을 지르면 안 되지만, 치솟는 불길에 공포심이 목구멍으로부터 터져 나왔다. 불타는 집 안에서 외침이 들려왔다.

"페오, 도망가!"

페오는 몸을 앞으로 숙이고 다리를 재빨리 움직이며 어느 때보다 빨리 달렸다. 옆구리가 타는 듯이 아팠다. 무언가에 걸려 바닥에 뒹굴었지만, 금방 벌떡 일어나서 입속에 들어간 눈을 뱉어 내고 다시 달렸다. 입에서 쇠 맛이 났다. 스스로가 아주 작게 느껴졌다. 그때 숲에서 세 개의 그림자가 나타났다. 늑대들이었다. 세 마리의 늑대들은 전속력으로 달려 나와 헐떡이며 공기 중에 퍼진 연기 냄새를 킁킁 맡았다. 페오가 팔을 벌리자 늑대들이 달려들었다. 페오는 뒤로 넘어가고 말았다.

"블랙!"

페오는 늑대를 감싸 안고 털에 얼굴을 묻었다. 흰 눈과 대비되는 검은 털을 보자 치솟던 새까만 연기가 떠올라 숨이 턱 막혔다. 그리고 또 한 가지, 떠오르는 게 있었다.

"새끼 늑대!"

집에서 불길이 활활 치솟고 있었다. 회색 연기가 밤하늘을 가득 채

왔다.

"아직 문 옆에 있어!"

페오는 몸을 굽히고 한 손은 블랙의 목덜미에 얹은 채 살금살금 집 쪽으로 다가갔다. 새끼는 타오르는 불길과 사람들의 고함 소리에도 아랑곳하지 않고, 자고 있었다. 코에서 작은 콧물 방울이 맺혔다가 사라졌다. 페오는 꾀죄죄한 새끼 늑대를 들어 올려 셔츠 속에 넣었다. 놀란 새끼 늑대는 옷 속에서 가르랑거리며 작은 발톱을 휘저었다.

페오는 손을 떨지 않으려고 애쓰며 어둠 속을 살폈다. 그때 문이 덜컹 열렸다. 블랙이 페오의 손목을 물고 쏜살같이 옆으로 도망쳤다. 살에 이빨 자국이 났다. 군인들이 지나갈 때, 창문 하나가 폭발했다. 불꽃은 페오의 망토에까지 튀었다. 지붕이 불타고, 집이 흔들렸다. 사람 소리가 들렸다. 페오는 그 자리에서 얼어붙었다.

군인들은 집 뒤쪽으로 가 기침을 하고 얼굴을 닦아 냈다. 누군가 그들과 함께 있었다. 페오의 심장이 요동쳤다.

불타는 집 앞에 있는 사람은 엄마였다. 손은 등 뒤로 묶인 상태였고, 눈과 입은 천으로 가려져 있었다. 군인은 엄마를 끌고 갔다.

페오는 소리를 지르지 않으려고 자신의 손목을 깨물었다. 엄마가 발을 헛딛고 얼음 위에서 미끄러지자, 군인들은 엄마를 거칠게 잡아당겨 일으켜 세웠다.

문 쪽에서 비웃는 소리가 들렸다. 라코프 장군이 불꽃이 솟아나는 문가에 서 있었다. 한쪽 손으로 주먹을 쥔 채 눈을 꾹꾹 눌렀다. 다른 한 팔은 피로 물들었으며, 웃느라 가슴이 들썩거렸다. 고르지 못한 웃음소리였다. 쉿소리 섞인 거친 웃음소리가 밤하늘에 빠르게 울려 퍼졌다. 상상도 못할 정도로 소름 끼치는 웃음소리였다.

페오는 벽에 몸을 붙인 채 숨죽이고 있었다. 힘든 일을 겪어서일까. 이상하게 잠이 쏟아졌다. 잠을 깨려고 눈꺼풀을 꼬집었다. 그래도 잠이 오면 눈을 한 움큼 집어서 얼굴에 비볐다. 얼굴이 얼어서 따가웠다. 차라리 잠들어 버리는 게 나을지도 모르겠다는 생각이 들었다. 그러면 이런 일을 겪지 않아도 될 텐데.

하지만 이미 벌어진 일이다.

라코프 장군은 세 번째 군인에게 말에 타는 것을 도우라고 지시했다. 그는 차가운 눈을 한 주먹 쥐어 다친 눈에 지긋이 댔다. 웃음기가 사라진, 몹시 경직된 얼굴이었다.

"서쪽 숲을 확인해. 그 아이는 근처 농가에 있을 거야. 필요하면 집에 불을 질러."

군인이 뭔가를 말하려는 듯 망설이다가, 말을 삼키고 고개를 끄덕였다.

"소년 병사도 찾아내. 그 허약한 놈! 잡아서 나한테 데려와. 다시 훈련시켜야 하니까. 그리고 여기."

라코프 장군은 손가락으로 자신의 눈을 가리켰다. 눈에서 피가 흘러 볼을 타고 내려왔다.

"누군가 여기에 대해서, 그리고 그 꼬마에 대해서 수군거린다면 네가 이야길 퍼트린 거라고 간주하겠어, 다비도프. 그런 일이 생긴다면 나에게 와서 해명해야 될 거야."

화염의 그림자가 라코프 장군의 얼굴과 입 주변에 번쩍거리다가 금세 사라졌다.

"네, 장군님."

군인은 얼굴에 묻은 검댕을 닦고 경례했다. 경례를 마치는데 손이 달달 떨렸다.

페오는 저녁 때 먹은 게 목구멍으로 다시 올라오는 걸 느꼈다. 그때 갑자기 블랙이 다가와서 페오의 무릎 뒤쪽을 들이받았다. 페오는 어리둥절한 채로 다리 한 쪽을 들어 블랙의 등에 탔다. 페오가 중심을 잡기도 전에 블랙은 눈 덮인 들판을 가로질러 쏜살같이 달렸다. 집으로부터, 그리고 엄마로부터 멀어졌다.

"잠깐만! 집으로 돌아가!"

하지만 늑대는 멈추지 않았다. 숨 쉴 때마다 칼이 내장을 긁어대는 것 같았다. 갑자기 어지럽고 흐릿해지며, 귓가에 윙윙거리는 소리가 울려 퍼졌다. 혼돈이 세상을 어둠 속으로 집어삼켰다.

6장 북쪽으로

동트기 전, 아직 하늘이 흐린 회색일 때였다. 늑대들 옆에서 잠들었던 페오가 눈을 떴다. 이상하게 누군가 죽은 것 같은 느낌이 들었다. 순간 지난밤 일이 생각났다. 손과 옷에 묻은 그을음이 눈에 띄자 몸이 떨리기 시작했다.

"엄마."

페오가 중얼거렸다.

늑대들은 바들바들 떠는 페오를 보고 페오가 불안해 한다는 걸 알아챘다. 그래서 페오에게 다가가 풍성한 털을 부비며 몇 분 동안 편안히 누울 수 있게 해 주고 상처도 핥아 주었다. 새끼 늑대는 페오의 머리 위로 기어오르려고 버둥댔다. 페오는 눈을 감고 열을 센 다음 주먹을 꼭 쥐고 세상과 싸울 준비를 했다.

마음이 좀 진정되자 일어나 앉았다. 배낭을 메고 나무에 기대서서 주위를 경계하는 일리야가 보였다.

"너?"

페오는 깜짝 놀라 펄쩍 뛰며 소리쳤다.

"일리야, 어떻게 날 찾았어?"

문득 비난조로 들릴 수 있겠다는 생각이 들자, 페오는 일리야에게 다가가 어색하게 포옹했다. 일리야는 놀라서 움찔하다가 페오의 몸에 뻣뻣하게 팔을 둘렀다.

"늑대 발자국을 따라왔어. 몇 주 전에 너희 엄마가 혹시 일이 잘못되면 어떻게 할지 알려 주셨거든."

일리야는 엄마의 초록색 망토를 두르고 있었다.

"네가 짐을 쌀 때, 이 옷을 주시며 군복을 가리라고 하셨어."

일리야는 페오의 표정을 살피며 말했다.

"계획대로 잘 풀리지 않았어."

"그렇지 않아. 내가 다 보고 있었어."

일리야가 차분한 목소리로 대꾸했다.

"엄마는 다 잘될 거라고 했어. 우리가 먼저 도망가면 엄마가……."

"네 잘못이 아니야. 그들이 거기에 불을 지르지만 않았다면, 너희 엄마도 도망칠 수 있었을 거야."

일리야는 '너희 집'이라는 말을 쓰지 않으려고 고민하느라 잠시 얼굴을 찡그렸다.

"불이 나서 이쪽으로 오지 못하신 거야."

"집이 다 불타 버렸니?"

페오는 아무렇지도 않은 듯 말하려고 했다. 그리고 천장에 그려 놓은 별과 그동안 집에 온 늑대들이 문을 긁어 놓은 자국들도 생각하지 않으려고 애썼다. 하지만 모두 뜻대로 되지 않았다.

일리야는 고개를 끄덕이며 말했다.

"여길 떠나. 이제 여기서 기다릴 필요 없잖아. 그들이 너를 쫓아올 거야."

"나를?"

"그래, 너를. 네가 라코프 장군에게 한 일이 있잖아."

페오는 악의 없는 목소리로 말하려 했다.

"하지만 그 사람이 한 짓은?"

역시 뜻대로 되지 않았다. 피 흘리는 사람이 이를 악물고 내는 것 같은 소리가 나왔다.

"일부러 그런 건 아니야. 절대 고의는 아니었다고!"

"이곳에 오기 전에 막내를 묻어 주려고 그곳에 갔었어. 거기 군인들이 수군거리더라. 네가 무슨 어린 마녀 같은 거라고 말이야."

"스키로 사람을 쳤다고? 스키를 무기로 쓰는 마녀가 어디 있어?"

일리야는 어깨를 으쓱했다.

"어쨌든 라코프 장군이 너를 찾고 있어. 화가 아주 많이 났어. 그리고 수치스러워하고 있지. 수치심은 분노보다 더 위험해."

"두렵지 않아. 나에겐 늑대들이 있어."

페오는 거짓말을 했다.

"아니, 넌 두려워하고 있어! 아니더라도 그래야 해, 페오!"

페오는 최대한 흉악한 표정을 지어 보였다. 혀를 코에 닿을 정도로 길게 빼고, 눈꺼풀을 까뒤집었다. 그러자 기분이 조금 나아졌다. 새끼 늑대가 불쑥 나온 페오의 혀를 물려고 버둥거렸다.

"왜 이런 일이 일어난 거지? 우리는 그냥 평범하게 살고 싶었어. 다른 바라는 것도 없었다고. 늑대들과 눈, 엄마, 책, 뜨거운 블랙베리 차만 있으면 충분했어. 우리는 그냥 그대로 행복했다고."

페오는 몸이 덜덜 떨려서 늑대들 사이에 앉았다.

일리야가 페오의 팔을 잡아당겼다.

"어서 일어나. 넌 라코프 장군이 어떤 사람인지 몰라. 애들이 그러는데 라코프 장군의 몸에는 피가 아니라 차가운 눈이 흐른대."

"그렇지 않던데? 내가 봤어."

페오는 웃으려 애썼다.

"좀 진지해져 봐! 라코프 장군은 말이야…… 가끔 한밤중에 일어나서 횃불을 밝히라는 명령을 내려. 횃불이 스물네 개나 되는데, 제대로 못하면 우리에게 불을 붙여 버리지."

페오는 어깨를 으쓱거리려 했다.

"그리고 가장 나이가 많은 군인 둘을 데리고 와. 이도 없고, 관절염을 앓는 그런 노인들 말이야. 이 둘에게 죽을 때까지 싸우라고 명령해. 그럼 다른 군인들은 이길 것 같은 사람에게 돈을 걸어."

페오는 놀란 가슴을 진정시키려 블랙의 머리에 손을 얹었다.

"그리고 사람들을 집에 가둔 다음 불을 지른 적도 있어. 이제는 아마 너를 불태워 죽이려 할 거야."

"살다 보면 나쁜 일도 겪게 되는 법이지."

페오는 돌처럼 딱딱한 얼굴로 애써 미소 지었다.

"페오, 농담할 때가 아냐."

페오의 얼굴에서 웃음기가 싹 사라졌다.

"나도 알아! 우리 엄마가 잡혀갔잖아!"

"그래! 그러니까 빨리 여길 떠나야 한다고!"

일리야가 페오의 팔을 잡아당기며 소리쳤다.

"그래."

페오는 눈썹에 붙은 서리를 떼어 내고는 한 번 폴짝 뛰었다. 머리가 조금 맑아지는 것 같았다.

"준비됐어."

"그러면…… 어디로 갈 거야?"

"나도 몰라! 그게 문제야. 어떻게 엄마를 찾아야 할지 모르겠어. 군인들이 엄마를 어디로 데려갔는지도 모르잖아."

일리야는 잠시 페오를 멍하니 바라봤다.

"뭐? 모르긴 왜 몰라?"

"몰라! 군인들이 지도를 흘리고 간 것도 아니잖아!"

"어떻게 모를 수 있어? 너희 엄마는 상트페테르부르크에 있는 크레스티 감옥으로 끌려갔어. 거기서 재판을 받을 거야."

"무슨 재판?"

일리야는 난감한 표정을 지었다.

"라코프 장군이 한 말 기억하지? 너희 엄마가 황제의 명령에 불복종했다고 했잖아. 그게 바로 반역죄야. 그러니까 너희 엄마는 캠프에 보내지겠지."

"캠핑?"

페오는 어리둥절했다. 동상으로 발가락을 잃기로 작정한 게 아니고서야 겨울엔 캠핑을 하지 않는다.

"아니, 강제 수용소 캠프를 말하는 거야. 너도 알잖아. 시베리아에 있는 거."

일리야는 흥분해서 말했다.

"엄마는 거기 가고 싶지 않을 거야."

일리야는 페오를 이상하다는 듯 쳐다봤다.

"당연하지! 하지만 재판을 받기 전에 일단 감옥에 갇히겠지."

"얼마나?"

"금요일 전엔 재판이 없어. 범카스피아 지역에 있는 판사가 금요일마다 오거든. 오늘은 토요일이야."

페오는 입술을 깨물었다. 6일은 짧다.

"그럼 감옥은? 어디 있는지 알아?"

"당연하지. 그걸 모르는 사람은 없어. 감옥은 나 같은 군인들이 지키고 있어. 나랑 똑같다는 건 아니고, 나보다 크겠지만 말이야."

"쉽네. 감옥으로 가서 엄마를 구할 거야. 가는 길 알아?"

페오의 마음에 희망이 차올랐다.

"물론 알지."

"네가 날 거기까지 데려다 주면 되겠다!"

"그럴 수도 있지만……."

"무섭구나?"

페오는 일리야가 이 말을 부정하기를 바랐다. 하지만 일리야는 날씨 이야기에 답을 하듯 아무렇지도 않게 고개를 끄덕일 뿐이었다.

"맞아, 무서워. 나는 라코프 장군을 알잖아."

"그러면 나랑 같이 가지 않을 거야?"

"그런 건 아닌데…… 음, 내가 같이 가면 좋겠어?"

"응?"

더 분명하게 말해야 했다는 생각이 들었다. 페오는 눈 덮인 사방을 둘러보았다. 늑대들은 사람보다 이해하기 쉽다. 늑대들, 밤하늘의 별들, 흰 눈 같은 것들은 그 자체로 명확하기 때문이다.

"그래, 당연하지, 바보야!"

하지만 페오가 생각한 것처럼 고맙고 친근한 마음이 잘 표현되지 않아서 덧붙였다.

"같이 가 줘. 부탁이야."

페오는 일리야와 눈을 마주치지 못하고 금빛 단추만 쳐다봤다.

"나 혼자서 갈 자신이 없어. 물론 늑대들이 있지만, 나는…… 러시아어로 말할 수 있는 사람이 있으면 좋겠어."

페오는 '사람'이라는 단어에 힘을 주어 말했다.

"나한테 화가 난 것처럼 들리는데?"

"아니야! 화 안 났어. 그냥…… 두려운 거야."

페오는 지금까지 누군가에게 자신의 두려움을 고백하는 건 대단히 위험한 일이라 굳게 믿어 왔다. 하지만 일리야는 달랐다.

"그렇다면 나도 함께 갈게. 물론."

"와!"

페오가 박수를 치자, 일리야는 옆으로 비켜섰다.

"또 안지는 말아 줘. 넌 너무 세게 껴안거든."

"서둘러!"

페오는 붉어진 얼굴을 감추려고 숲 쪽으로 몸을 틀며 외쳤다.

"어느 쪽으로 가면 돼?"

페오의 질문에 일리야는 말없이 사방을 두리번거리기만 했다.

"그런데 나는…… 상트페테르부르크 안의 길만 알아."

페오는 일리야를 빤히 쳐다보았다. 진심으로, 남자들이란 늑대만 못한 존재라는 생각이 들었다. 일리야가 말했다.

"가면서 사람들에게 물어보자."

"아니, 그러면 안 돼. 그러기만 해 봐! 남들의 이목을 끌면 안 돼. 우린 심지어 늑대까지 데리고 다니잖아!"

"상트페테르부르크는 부대에서 정확하게 북쪽에 있어. 여긴 부대에서 가까운 곳이니까 북쪽으로만 가면 돼. 북쪽이 어느 쪽인지는 모르겠지만."

페오는 웃었다. 마음속에 다시 희망 한 줄기가 스쳐 지나갔다.

"알아낼 수 있어. 나침반만 있으면."

"난 나침반이 없어. 넌?"

"만들면 돼. 만들 수 있어. 엄마가 알려 준 적이 있거든!"

페오는 망토에서 바늘을 하나 꺼냈다.

"깡통이나 컵 있어?"

"그릇이 하나 있어. 나무로 만든."

"좋아. 그리고 물이 좀 필요해."

일리야는 주위를 둘러보았다.

"물을 어디서 구하지?"

"눈이 있잖아."

일리야는 자신감 없는 표정으로 머뭇댔다.

"그런데 어떻게 물로 만들지?"

"입에 넣어서 녹여, 바보야. 이렇게."

페오는 눈을 한 움큼 입에 집어 넣고, 한기 때문에 머리가 띵해지는 걸 막으려고 콧대를 눌렀다.

일리야도 따라서 눈을 입에 넣었다가 기침을 하며 뱉었다. 머리가 깨질 것 같았다.

"아이고, 머리야!"

페오가 웃으며 말했다.

"이건 내가 할게. 나무껍질 좀 찾아줘. 여기, 칼 줄게."

페오는 땋은 머리를 풀었다. 손이 조금 따뜻해진 것 같았다. 희망은 체온을 높여 주기도 한다. 페오는 속으로 수를 세며 머리에다 바늘을 문질렀다. 엄마는 50을 세었다. 늑대들과 감옥으로 쳐들어가 엄마를 찾아내 얼싸안는 상상을 하자 손이 더 빨라졌다.

일리야는 나무껍질 한 무더기를 들고 숲에서 나왔다. 뛰어오는 모습이 마치 도망치는 것 같았다. 페오는 나무껍질을 우표만 하게 잘라서 바늘에 꿰었다. 그걸 물이 담긴 그릇에 띄웠다. 바늘은 시계방향으로 돌다가 갑자기 반시계방향으로 방향을 바꾸어 돌더니 멈췄다.

"저기야!"

페오가 외쳤다.

"뾰족한 게 가리키는 쪽이 북쪽이야. 상트페테르부르크로 가는 길이지. 가자, 일리야. 너도 알다시피 난 도시 근처에도 가 본 적이 없어."

"그런데 페오, 내 스키를 교대로 타는 게 좋을까, 아니면 스키를 한 짝씩 타고 갈까?"

"블랙이 괜찮다면 난 블랙을 타고 갈래."

"와!"

일리야의 감탄에서 경외심이 느껴졌다.

페오는 조심스럽게 블랙에게 다가갔다. 지난밤 얼떨결에 늑대를 타기는 했지만, 환한 아침엔 얘기가 다르다.

늑대에게 등에 타도 되냐고 어떻게 물어야 할까. 페오는 손가락에 침을 묻혀서 블랙 귀 뒤의 털을 문질렀다. (몇 년 전 경험으로 늑대를 직접 핥으면 털을 잔뜩 먹게 된다는 걸 알기 때문이다.) 그리고 나지막한 목소리로 달래듯 속삭였다. 아주 천천히 다리를 들어 올린 다음, 블랙의 등 위에 중심을 잡고 앉았다. 숨을 참고 발을 땅에서 조심스럽게 떼어 보았다. 블랙이 페오를 무거워하는 것 같지는 않았다. 블랙은 페오를 태운 채로 귀를 쫑긋거리며 일리야의 주위를 돌았다.

늑대를 타는 건 매우 특이한 경험이다. 늑대의 등은 말의 등처럼 둔탁하지 않고 뾰족하다. 그래서 용수철에 가죽을 얹고 앉은 느낌이든다. 부드러운 털 아래에서 엄청난 힘이 느껴졌다. 페오는 블랙이강하다는 걸 알고 있었지만 그처럼 생생하게 느낀 건 처음이었다.

페오는 늑대의 등에 몸을 붙이고 콧잔등을 쓰다듬었다. 블랙이 페오의 손을 핥아 주었다.

"허락한 걸로 받아들일게."

페오가 발을 어디에 두면 좋을지 고민하는데, 일리야가 어색하게주변을 맴돌았다. 주의를 끌려는 것 같았다. 눈밭에서 걸으려면 보통 땅에서보다 발과 무릎을 더 많이 움직여야 한다. 일리야가 걷는모습은 높이 쌓인 눈 때문에 마치 춤을 추는 것처럼 보였다.

"뭐 하는 거야?"

"나도 늑대를 탈 수 있을까? 우리 둘 다 늑대를 타면 더 빨리 갈 수있을 텐데."

페오는 화이트를 쳐다봤다가 그레이에게로 시선을 옮겼다.

"모르겠어. 탈 수는 있겠지. 그레이는 블랙만큼 강하거든. 하지만타게 해 줄지는 모르겠다."

"알았어."

일리야는 그레이에게 다가갔다.

"늑대야, 여기 봐! 이봐, 이봐. 착하지."

"그런 식으로 말하지 마!"

페오가 날카롭게 말했다.

"뭐?"

"바보 취급하면 그레이가 널 먹어 버릴 거야. 그냥 손만 내밀어. 물려고 하지 않으면 그때 등에 손을 갖다 대."

입질이 가장 심한 그레이는 날카로운 눈초리로 일리야를 쳐다봤다. 그레이는 일리야가 뻗은 손을 무시했지만, 일리야가 매우 조심스럽게 다리를 등에 올려도 마찬가지로 신경 쓰지 않았다. 그레이는 일리야를 떨구지 않는 대신, 땅에 놓인 스키를 주워 들 시간조차 주지 않았다. 헉, 하는 소리 다음 와, 하는 소리가 들렸고 잠시 후 눈 쌓인 나뭇가지가 얼굴을 픽, 치는 소리가 났다.

페오는 빙긋 웃었다. 일리야에게 몸을 숙이라고 말했어야 했다. 페오는 블랙의 등 위에서 몸을 내밀어 화이트의 코에 입을 맞추고 새끼 늑대를 자신의 다리 사이에 앉혔다. 그리고 가장 친한 친구인 블랙에게 북쪽을 가리키며 말했다.

"저쪽이야. 엄마에게 가자."

멀리서 언덕을 오르던 군인들은 매우 특이한 광경을 목격했다. 초록색과 합쳐진 회색 점과 검정색 위에 얹혀진 빨간 점이 흰 눈 위에서 북쪽으로 움직이고 있었다.

7장 붉은 핏자국

아이들은 숲을 30분쯤 달려 북쪽으로 가는 길목에 다다랐다. 길은 좁고 구불구불했다. 길 양쪽에 무성하게 자란 나무가 아이들의 머리 위에 장막을 드리웠다. 서리가 내려앉은 나뭇가지는 새하얗게 빛이 났다.

"붙잡혀서 총살당할지도 모른다는 생각만 아니었으면 이 장면이 정말 아름답게 느껴졌을 거야."

일리야는 부자연스러울 정도로 해맑게 말했다.

페오는 목소리를 낮추라고 하려고 힐끗거리다가 일리야가 새파랗게 질렸다는 걸 알아챘다. 수면 부족으로 눈은 붉게 충혈되었고 찬바람에 입술까지 텄다. 하지만 일리야는 불평하지 않았다. 페오는 애써 미소를 지었다.

"걱정하지 마. 우리가 먼저 쏘면 되니까."

"우린 총이 없잖아."

"그냥 은…… 은유적으로 말한 거야. 우리가 먼저 공격할 거라고."

"무언가로 쏜다면, 말 그대로 총을 쏘는 게 더 좋아."

페오는 일리야를 흘겨보곤, 블랙의 머리 위에 놓인 나침반을 확인했다.

"이상한 소리는 안 들리는지 항상 집중해."

길가에 사람 흔적은 없었지만 페오는 늑대를 길 끝으로 몰았다. 누군가 나타나면 길 아래로 숨어 버릴 작정이었다. 눈이 많이 쌓여 늑대의 다리 절반이 빠질 정도였지만 길에 돌이나 부러진 나뭇가지 같은 방해물이 없어서 속도를 낼 수 있었다.

늑대들은 한 시간 이상을 전속력으로 달렸다. 그때 페오가 어떤 소리를 들었다.

"무슨 소리지?"

"바람 소리인가?"

페오는 머리 위를 올려다보았다.

"나뭇가지는 움직이지 않는데?"

다시 소리가 들려왔다. 페오는 놀라서 헉, 하는 소리를 냈다. 순간 턱이 덜덜 떨려서 머리카락을 입에 물었다. 예민해진 말이 내는 소리였다. 페오가 아는 한, 말을 타고 다니는 사람은 제국의 군인뿐이다.

페오는 뒤를 돌아보았지만 길이 구부러져 멀리까지 보이지 않았다.

"가까이 온 것 같아."

페오가 속삭였다.

블랙이 낮은 목소리로 으르렁거렸다. 긴장한 페오가 다리에 힘을 꽉 줘서 블랙을 아프게 했을지 모른다. 아니면 블랙이 어떤 냄새를 맡았을지도.

일리야는 눈을 휘둥그레 뜨고 장갑을 잘근잘근 씹었다.

"어디에 있을까?"

"우리 뒤쪽인 것 같아. 길에서 벗어나 숲으로 가야 해. 길 아래로 뛰어내려야 할 것 같은데."

페오는 블랙의 등에서 내렸다.

하지만 늑대들은 내키지 않으면 명령을 따르지 않는다. 페오가 화이트에게 다가가기 전에, 화이트는 방향을 돌려서 오던 길로 되돌아가 버렸다.

"안 돼! 돌아와!"

일리야가 소리쳤다.

페오는 일리야의 부름에도 아랑곳하지 않고, 새끼 늑대를 가방에 집어넣은 다음 망토를 붙들고 뛰기 시작했다. 페오가 모퉁이에 다다랐을 때쯤 일리야가 숨을 헐떡거리며 따라왔다.

"같이…… 가."

블랙과 그레이는 페오의 양옆에 바싹 붙어 걸었다.

페오는 모퉁이를 돌자마자 그 자리에 멈춰 섰다. 공포가 밀려왔다. 한 걸음 물러서며 두 늑대를 자신의 뒤로 밀어내고 새끼 늑대를 넣은 가방을 팔로 꼭 안았다.

길 한가운데에 제국 군대의 문양이 새겨진 의자가 놓여 있었다. 문양은 하얗게 눈 덮인 나무 아래에서 금색으로 빛났다. 동화책에서 튀어나온 것처럼 비현실적인 장면이었다. 가죽과 은으로 장식된 마구를 찬 말이 흥분해서 세차게 발을 굴렀다. 군인도 말을 제어할 수 없었다. 말은 목덜미의 털을 바짝 세우고 으르렁거리는 화이트를 쳐다보고 있었다.

그 뒤로 담요를 두른 채 의자에 앉은 라코프 장군이 보였다.

"야생 늑대인가? 아니면 저 아이의 늑대인가?"

라코프 장군은 고개를 들어 페오를 쳐다보았다. 페오도 그를 보았다.

푹 파인 얼굴에 푸른 멍이 들어 있었다. 한쪽 눈 위로 붕대를 두르고, 털모자를 이마까지 내려 썼다. 페오를 발견한 라코프 장군의 얼굴에 놀란 기색이 역력했다. 곧 그의 얇은 입술이 승리감으로 비틀어져 올라갔다.

"늑대 소녀, 네가 그렇게 작았다는 걸 잊고 있었군."

그리고 허리춤에서 권총을 꺼낸 다음, 페오에게 경례하는 시늉을 하고 화이트를 쏘았다.

페오가 비명을 질렀고 일리야는 바닥에 털썩 주저앉았다. 화이트는 비틀거리며 길 아래 도랑으로 뛰어내린 다음, 숲 쪽으로 사라졌다. 눈 위로 붉은 핏자국이 이어졌다.

페오는 정신없이 화이트의 뒤를 따라갔다. 도랑으로 뛰어내리자 눈이 목까지 올라왔다. 페오는 숨을 헐떡이며 다급하게 발 디딜 곳을 찾았다. 그리고 기다시피 해서 숲으로 돌진했다. 뒤에서 일리야가 부르는 소리가 들렸다. 페오는 한 손으로 낮게 드리워진 나뭇가지를 붙잡고 다른 한 손을 뻗어 일리야를 끌어당겼다. 블랙은 페오를 앞질러 화이트의 핏자국을 따라갔고, 그레이는 이를 드러내며 천천히 뒤따랐다.

페오는 잠깐 뒤를 돌아 봤다. 검은 말 위에 탄 라코프 장군이 말을 도랑 쪽으로 몰았다. 말은 길 위로 올라가려 몸부림쳤지만, 젊은 병사가 말의 엉덩이를 다시 도랑 쪽으로 밀었다. 라코프 장군이 고함을 쳤고, 두 발의 총성이 울려 퍼졌다.

극심한 공포심 때문에 눈앞의 나무들이 빙글빙글 돌았다. 페오는 구역질을 했다. 바닥에 쌓인 눈이 불쑥 솟아오르는 것 같았다. 페오는 일리야의 손목을 붙잡고, 눈 덮인 낮은 덤불을 넘어 무작정 달렸다. 일리야가 무언가 소리를 쳤지만 겁에 질려 잘 들리지 않았다. 그냥 앞으로 내달릴 뿐이었다.

마침내 화이트가 보이자 뜀박질을 멈췄다. 페오는 조금씩 정신을 차리기 시작했다. 늑대는 비틀거리며 뒷다리를 질질 끌었다. 페오가 가까이 다가가자 화이트는 다리에 힘이 풀린 듯 주저앉았다. 화이트의 피가 새하얀 털과 눈을 붉게 물들였다. 화이트는 숨을 헐떡이며 구슬프게 흐느꼈다.

페오는 늑대의 머리를 감싸 안고 편히 눕혔다. 블랙은 초조한 아버지처럼 가만히 있지 못하고 계속 이리저리 왔다 갔다 했다. 그런 블랙을 보며 페오가 고개를 가로저었다. 페오는 눈밭에 쪼그리고 앉아 침을 뱉고, 쑤시는 옆구리를 주먹으로 두드렸다. 일리야는 화이트를 보며 불안하게 서성거렸다.

"죽는 건 아니지?"

페오가 돌아보았다. 그레이의 뒷목 털이 뻣뻣하게 서 있었다.

"응. 그랬다면 그레이가 냄새로 알아차렸을 거야."

페오는 한숨을 내쉬었다.

"어떻게 이런 일이……."

"하지만 벌써 일어나 버린 일이야. 이제 우리는 어떻게 하지?"

일리야의 '우리'라는 말이 고맙게 느껴졌다. 어쨌든 라코프 장군이 찾던 사람은 페오 자신이었다. 페오를 발견했을 때 광기 어린 희열로 번뜩이던 라코프 장군의 눈이 떠올랐다. 페오가 말했다.

"화이트는 더 가지 못할 것 같아."

일리야가 물었다.

"다른 늑대 등에 업혀서 갈 순 없을까? 화이트를 블랙의 등에 태우는 건 어때?"

하지만 그렇게는 되지 않았다. 일리야와 페오가 블랙의 등 위에 화이트를 올리려 하자, 화이트는 발톱을 드러내며 으르렁거렸다. 심지어 물려고 주둥이를 들이대기까지 했다. 화이트는 몸을 비틀며 땅으로 내려왔다.

일리야는 눈을 크게 뜨며 말했다.

"이건 아닌 것 같아."

뒤를 돌아 보았지만 빽빽한 나무 숲 말고는 아무것도 보이지 않았다.

"페오, 라코프 장군이 우리를 죽일까?"

"그렇게는 못 할 거야."

페오는 엄마처럼 강하고 침착한 어조로 말하려 했다. 끓어오르는 분노를 애써 누르고 계획을 생각해 봤다.

"화이트가 달릴 수 없으니 군인들이 찾을 수 없게 숨어야 해. 라코프 장군은 느리잖아."

"글쎄, 늙긴 했지. 그 사람이 뛰는 것을 본 적은 없어."

"그러면 말이 다닐 수 없는 곳으로 가자."

페오는 주위를 둘러보았다. 숲이 아이들을 굽어보고 있었다. 마치 자신을 지켜 주는 수호신처럼 느껴져서 조금 안심이 되었다. 문득,

익숙한 곳이라는 생각이 들었다. 페오가 아는 지역이다.

"저기, 저쪽으로 가자. 전나무 숲 쪽. 나무가 빽빽하게 자랐거든."

페오는 화이트가 걸을 수 있게 도왔다. 두 아이와 세 마리의 늑대는 몇 걸음 걷다가 주위를 살피고 또다시 몇 걸음씩 걸으며 숲으로 향했다. 페오는 계속 화이트의 어깨에 손을 올린 채 걸었다. 한 발한 발 무거운 마음이 더해졌다.

숲속 깊이 들어가자 더 이상 말 울음소리가 들리지 않았다. 태풍에 나무들이 쓰러져 공터로 변한 곳이 있었다. 벌목꾼들의 흔적조차 없는 곳이었다. 뿌리를 드러낸 채 다른 나무들 위로 쓰러진 거대한 오크 나무 한 그루가 보였다. 나무에는 잎이 없었지만, 가지마다 페오의 팔뚝만 한 고드름이 커튼처럼 드리워져 있었다. 늑대와 아이들이 몸을 숙여 나무 아래로 지나갈 때, 고드름 하나가 땅으로 떨어져 산산조각 났다. 얼음 조각을 맞은 블랙이 이를 드러냈다. 그걸 본페오의 머리에 어떤 생각이 스쳤다.

"여기서 할 일이 있어. 먼저 늑대들을 데리고 가 줄래?"

"안 돼! 널 여기 혼자 두고 가면 네 엄마가 날 죽일 거야. 내가 너보다 나이도 많잖아."

"부탁이야. 늑대들을 데려가 줘. 목덜미를 잡아 끌고 가면 될 거야. 늑대들은 이곳에 있으면 안 돼."

늑대들이 페오를 바라보았다. 늘 그렇듯 노란 눈빛에 굳은 용기와 페오에 대한 믿음이 가득했다.

"더 이상 라코프 장군이 이 녀석들을 해치게 할 순 없어."

"페오, 애들은 늑대야."

일리야는 페오가 괜한 걱정을 한다는 듯한 표정이었다.

"그런데 늑대들을 억지로 끌고 가면 나를 물지 않을까?"

"물진 않을 거야. 이제 너에 대해서 잘 아니까. 아마도."

일리야는 혀로 입술을 핥았다.

"아마도라니……."

"그냥 빨리 가. 그리고 새끼 늑대도 부탁해. 여기 내 가방 안에 있어. 저쪽 아래 검은딸기나무 덤불 속에 구덩이가 있어. 그 구덩이에 숨으면 들키지 않을 거야."

일리야는 나무들 사이에 2.5미터 정도로 자란, 잎이 다 떨어진 검은딸기나무 덤불로 시선을 옮겼다.

"저건 쥐구멍이야!"

"아니, 여우굴이야. 눈을 치우면 생각보다 넓어. 정말이야."

일리야와 늑대들이 떠나고, 페오는 서둘러 눈을 파헤치며 돌을 찾기 시작했다. 장갑이 눈에 젖어 쉽지 않았지만 결국 적당한 돌 네 개를 찾아냈다. 돌을 망토에 달린 모자 속에 넣고 전나무로 달려갔다. 그리고 나뭇가지에 매달려 나무 기둥을 발로 찼다. 나무 위에서 쏟아진 눈이 페오를 숨겨 주었다. 나무에 매달려 먼 곳을 보고, 얼음과 나뭇잎의 냄새를 맡는 건 페오에게 익숙한 일이다. 저 멀리 일리야와 늑대들이 숨은 덤불이 흔들렸다. 그리고 그 반대편의 나뭇가지가 움직였다.

말은 마치 무대에 등장하는 것처럼 걸어왔다. 라코프 장군의 얼굴이 땀에 젖어 번들거렸다. 장군은 고드름 장막이 드리운 쪽으로 말을 몰았다.

페오는 자신이 아는 모든 성인들에게 간절히 기도했다. 그리고 라코프 장군이 아닌 오크 나무를 향해 돌을 던졌다. 처음에 던진 돌은 빗나가 소리 없이 눈 위에 떨어졌다. 하지만 두 번째 돌은 고드름 하나를 맞춰 떨어트렸다. 라코프 장군은 고삐를 당겨 말을 세웠다. 그리고 얼굴을 찌푸리며 위를 올려다보았다. 페오는 나무를 향해 계속 돌을 던졌다. 명중도가 점점 높아졌다. 페오는 숨을 한 번 들이마신 후, 다른 가지를 잡고 이동했다. 세 번째 고드름이 우지끈 소리를 내며 라코프 위로 떨어졌다. 고드름 조각은 빛에 반짝이며 산산조각이 났다. 순간 말이 히이힝, 하며 공포에 질린 소리를 냈고, 라코프 장군도 짧은 비명을 내질렀다. 장군은 재빨리 말갈기를 붙잡았지만 말이 뒷걸음질 치는 바람에 말에서 떨어지고 말았다. 놀란 말은 갈기를 휘날리며 황급히 달아났다.

라코프 장군의 상태를 확인할 겨를이 없었다. 페오는 2미터 정도 되는 높이에서 곧장 눈밭으로 뛰어내렸다. 눈 위에서 한 바퀴 구른

다음 입에 들어간 눈을 뱉어 냈다. 얼얼했다. 페오는 검은딸기나무 덤불을 향해 달렸다. 손은 상처투성이였고, 뱃속에 통증까지 있었지만 몸을 곧게 세웠다. 여전히 두려웠지만 얼굴엔 미소가 번졌다. 흥분해서 고통도 느껴지지 않았다. 곧 늑대의 발자국을 발견하자 안도감이 들었다. 재빨리 주위를 살폈다. 따라온 사람은 없었다.

그레이가 먼저 페오를 발견하고 달려왔다. 페오는 달려드는 그레이에게 부딪쳐서 나동그라지고 말았다. 네 개의 얼굴이 페오를 내려다봤다. 그중 털 없는 얼굴이 빙그레 웃으며 말했다.

"해냈어?"

페오는 일어나 앉았다.

"응. 생각했던 것보다 더 잘."

"라코프 장군이 계속 따라올까?"

"그럴 거야. 하지만 지금은 아니야."

페오는 화이트의 코 앞에 손을 가져다 대고 호흡을 확인했다. 가냘팠지만 규칙적으로 숨을 쉬고 있었다.

"함께 갈 수 있을 것 같아. 좀 천천히 가면 돼."

페오는 블랙의 등 위에 올라탔다.

"아까 일은 나중에 설명해 줄게. 일단 출발하자."

"상트페테르부르크로! 넌 거길 좋아할 거야, 페오."

일리야는 안심한 것처럼 보였다.

일리야가 페오에게 새끼 늑대를 건넸다. 새끼 늑대는 페오의 품에서 꼼지락거리다가 블랙의 목덜미에 자리를 잡았다.

"상트페테르부르크는 아름다운 도시야. 그런데, 너 괜찮아?"

"당연히 괜찮지!"

페오도 마음속으로 스스로에게 같은 질문을 하고 있었지만, 두려운 마음에 불쑥 대답해 버렸다.

"얼굴이 새파래졌어. 충격 받았구나!"

일리야는 주머니에서 설탕에 조린 과일을 한 줌 꺼냈다.

"여기, 이거 먹어."

"난 괜찮아. 정말로."

페오가 중얼거렸다. 하지만 여전히 이가 덜덜 떨려서 입을 앙다물어야 했다.

"상트페테르부르크에 대해 말해 줘. 어떤 곳인지 알고 싶어."

먼지와 보풀이 붙은 과일이었지만 달콤했다. 빠르게 뛰던 심장 박동이 조금 누그러졌다.

"음, 아주 커. 그리고 사방이 금빛으로 빛나. 큰 건물과 첨탑이 많은 도시야."

일리야는 그레이의 등에 올라탔다.

"그리고 호수만큼 커다란 광장이 있어."

블랙이 그레이의 뒤를 따랐다. 페오는 블랙에게 몸을 맡기고, 한 손을 뻗어 화이트를 가까이 끌어당겼다. 날카로운 이빨과 충성심으로 무장한 세 마리의 늑대는 아이들을 호위하듯 나란히 걸었다.

"그곳의 말들은 마치 발레리나처럼 깃털 장식을 달고 있어. 그리고 매일 밤 발레를 하는 궁전 같은 극장이 있지."

"발레…… 그거…… 먹는 건 아니지? 뭔가 다른 것 같은데."

"춤이야! 황홀하게 아름답다고! 느린 마술과도 같지. 발로 글을 쓰는 것 같기도 하고 말이야."

"본 적 있어?"

일리야는 미소만 짓고 대답하지 않았다.

"그리고 길거리에서 갓 구운 검은 빵에 꿀을 발라서 팔아. 진미야."

"좋네."

페오는 진미가 무엇인지 몰랐지만, 좋은 뜻이라고 짐작했다.

"그럼 어서 가자."

아이들은 늑대들과 함께 천천히 출발했다. 그들의 발자국 위로 핏자국이 드리워졌다. 어쨌든 점점 북쪽에 가까워지고 있었다.

8장 눈이 멀 듯한 추위

아이들은 마침내 탁 트인 평야에 도달했다. 거세진 바람이 윙윙 소리를 내고, 하늘이 붉게 물들기 시작했다. 화이트와 블랙은 길게 울었다.

"얘들아, 쉿!"

페오가 속삭였다.

일리야는 노래를 부르려 했지만 자꾸만 바람이 입안으로 들어와 그럴 수 없었다.

늑대들은 보통 바람이 어떤지 신경 쓰지 않는다. 하지만 페오는 블랙이 불안해하는 것처럼 보였다. 아이들이 눈밭을 가로질러 갈 때, 머리통만큼 커다란 눈덩이가 굴러 떨어졌다. 늑대들은 꼬리를 다리 사이에 감추고 귀를 납작하게 눕혔다. 화이트는 옆구리의 통증 때문에 절룩거리면서도 간신히 버티고 있었다.

"눈보라가 불어올 것 같아, 일리야. 눈이 멀 듯한 추위가 올 거야."

"그건…… 나쁜 거야?"

"응. 보통 정도도 안 돼."

페오는 몸을 숙이고 블랙에게 속삭였다.

"이제 어떻게 하지?"

바람은 매서운 소리를 내며 세차게 불어와 아이들의 옆구리를 강타하고 뼛속까지 스며들었다. 페오의 몸이 덜덜 떨리자 블랙이 움찔거렸다.

"제발 그만!"

페오가 소리쳤다.

"난 아무 짓도 안 했어!"

일리야가 대답했다.

"너 말고 날씨 말이야."

"아."

페오와 일리야는 입을 모아 소리쳤다.

"그만해!"

페오의 경험에 의하면 세상에는 다섯 종류의 추위가 있다. 먼저, 드물긴 하지만 바람 추위가 있다. 바람 소리 때문에 귀가 먹먹하고 볼은 마치 한 대 맞은 것처럼 벌게지지만 죽을 정도의 추위는 아니다. 그다음으로 눈 추위가 있다. 팔이 뽑히고 입술이 잘려 나갈 것 같지만, 추위가 가고 나면 좋은 일이 생긴다. 눈사람을 만들 수 있기 때문이다. 그래서 페오는 이 날씨를 가장 좋아한다. 그리고 얼음 추위가 있다. 이때 조심하지 않으면 손바닥 살갗이 벗겨질 수도 있다. 얼음 추위에는 얼음 특유의 톡 쏘는 냄새가 난다. 숨쉬기 힘든 날씨지만, 보통 하늘이 맑기 때문에 스케이트를 타기 좋다. 페오는 얼음 추위도 좋아한다. 또, 혹독한 추위가 있다. 얼음 추위가 오랫동안 계속되고, 여름이 있긴 했는지 가물가물해질 때쯤 혹독한 추위가 찾아온다. 새들이 날다가 얼어 죽을 정도로 잔인한 날씨다. 발을 동동 구르지 않고 길을 갈 수가 없다.

마지막으로 눈이 멀 듯한 추위가 있다. 이 추위에서는 쇠와 바위 냄새가 난다. 생각은 멈춰 버리고, 세찬 눈보라 때문에 눈을 비비지 않고는 뜰 수도 없는 지경이 된다. 기온은 영하 40도까지 내려간다. 이때는 길가에 멈춰서 앉을 생각을 하면 안 된다. 얼어 죽은 채로 봄에 발견되고 싶지 않다면 말이다.

페오는 단 한 번 눈이 멀 듯한 추위를 만난 적이 있다. 작년 2월의 어느 밤이었다. 벽에서도 바람 소리가 났다. 엄마는 여섯 장의 담요를 페오의 몸에 둘러 주고 밖으로 데리고 나갔다. 다섯 장은 어깨에, 한 장은 머리와 목에 둘렀다. 페오가 부들부들 떨기 시작하자 엄마는 페오를 안아서 집으로 데리고 들어왔다.

"느꼈니? 그 추위를?"

엄마가 물었다.

"네, 엄마."

곰이 사자를 타고 지나간다고 해도 전혀 신경 쓰지 못할 정도의 추위였다.

"왜 저를 밖으로 데려가신 거예요? 너무 추웠어요."

"네가 더 용감한 사람이 되기를, 하지만 너무 무모한 사람이 되지는 않기를 바라는 마음에 그랬단다. 그런 추위가 느껴지면 무조건 실내로 피해야 해. 알겠니? 너무 추워서 다리가 제대로 붙어 있는지도 알 수 없고, 움직일 수 없더라도 뛰어서 추위를 피해야 해. 이런 추위를 두려워하지 않는 건 정말 바보 같은 짓이야."

"하지만 겁쟁이들이나 두려워하는 거예요."

"아니야, 페오. 겁쟁이들은 비겁해. 비겁함과 두려움은 달라. 두려움은 정신이 깨어 있고, 주위를 살필 줄 아는 사람들이 가지는 거란다."

"하지만 엄마는 늘 용감하라고 말씀하셨잖아요!"

"그래. 언제나 두려움이 말하는 대로 따를 필요는 없어. 하지만 두려움에 귀를 잘 기울일 필요는 있단다, 아가. 두려움을 무시하지 마. 세상은 네가 생각하는 것보다 훨씬 복잡해."

지금까지 날씨는 페오의 편이었다. 하지만 이번엔 달랐다. 그레이가 갑자기 블랙에게 돌진해 몸을 부딪치자 일리야가 소리를 질렀다.

"그러지 마!"

어쨌든 군인들도 같은 날씨를 겪고 있다고 페오는 생각했다.

"이 날씨에 얼어 죽는 군인들이 있을 수도 있겠지. 그들은 늙었어. 우리보다 훨씬."

이렇게 생각하자 조금은 위안이 되었다. 엄마는 늘 말했다.

"힘들다는 건 더 좋아질 일만 남았다는 뜻이기도 해. 아이들은 지구상에서 가장 강한 생명체야. 더 오래 견딜 수 있거든."

바람이 세차게 불었다. 눈 덮인 나뭇가지가 부러져 아이들 앞으로 떨어졌고, 늑대들은 깜짝 놀라 옆으로 피했다. 페오는 블랙을 더 세게 붙들었다.

일리야가 외쳤다.

"여기서 피해야 해!"

"하지만 피할 곳이 없잖아!"

입안으로 들어간 바람 때문에 침까지 얼어붙는 것 같았다. 일리야가 소리쳤다.

"우리가 만들어 볼까?"

페오는 얼굴 전체가 따끔거렸다.

"어디에? 꽝꽝 얼고, 그 위에 눈까지 쌓인 넓은 호수밖에 없는걸. 피할 곳이 없어. 심지어 엘크 한 마리도 지나가지 않잖아."

"너는 이런 걸 잘할 줄 알았는데!"

페오는 얼굴을 찡그리고 싶었지만, 바람이 계속해서 얼굴을 세차게 때렸다. 겨우 버티고 서 있을 뿐이었다.

"좋아! 집을 만들자. 눈을 쌓아서 바람을 막으면 조금 따듯해질지도 몰라."

페오는 이 날씨에 따듯함을 바라는 것이 지나친 낙관이거나 혹은 망상에 불과하다고 생각했다. 매서운 추위 때문에 일리야가 정신을 잃어 가는 것처럼 보였다. 페오는 바람에 나부끼는 머리를 간신히 걷어 내며 블랙에게서 몸을 떼었다.

"어떻게?"

일리야가 무언가 다른 말도 했지만 바람 때문에 잘 들리지 않았다. 페오는 일리야에게 자신을 따라 하라는 시늉을 하고 눈을 한 아름 모아서 뭉치기 시작했다. 이들은 호수 위에서 힘을 모아 눈 뭉치를 굴리고 커다랗게 뭉쳐진 눈을 등과 무릎으로 밀었다. 바람이 부는 방향으로 밀자 더욱 쉽게 밀렸다. 몸을 움직이니 얼어붙은 피가 녹는 것 같았다. 계속 눈을 나르던 일리야는 땀까지 흘렸다. 곧 눈덩이가 언덕처럼 쌓였다.

늑대들은 아이들을 심드렁하게 지켜보고 있었다. 그레이는 멀찍이 서서 아이들의 작업을 평가라도 하듯 콧김을 내뿜었다.

눈덩이가 작은 헛간 정도 크기로 커지자 두 아이는 그 사이에 웅크리고 들어가 앉았다. 페오는 눈 더미에 등과 엉덩이를 붙였고, 일리야가 이를 따라 했다. 곧 바람이 잦아들었다. 아이들은 잠시 숨을 고른 다음, 얼어붙은 서로의 얼굴을 보고 웃었다. 바람은 서로 이야기를 나눌 수 있을 정도로 잠잠해졌다. 페오는 가방에서 새끼 늑대를 꺼내 손바닥 위에 올려놓고 조심스럽게 귀를 막았다.

"바람 때문에 연약한 귀가 멀어 버릴까 봐 걱정이야. 하지만 신선한 공기를 마셔야 하니까."

"봐, 공기는 얼마든지 있어."

일리야가 말했다.

페오는 가방에서 사과 하나를 꺼내서 껍질에 묻은 얼음을 떼어 냈다.

"자, 먼저 한 입 먹어."

아이들은 사과 하나를 사이좋게 나누어 먹었다. 사과의 씨 부분만 남자 일리야는 한입에 털어 넣고 아드득 씹었다. 페오는 깜짝 놀랐다.

"군대에 가면 빨리 먹는 법을 배우게 돼."

늑대들은 귀를 머리에 딱 붙이고 몸을 둥글게 말았다. 화이트의 옆구리가 들썩였다. 페오가 머리를 쓰다듬자 화이트가 으르렁거리며 이를 앙다물었다. 페오는 얼른 손을 치웠다.

일리야가 겁먹고 눈 더미 안쪽으로 몸을 움츠렸다. 일리야는 눈을 휘둥그렇게 뜨며 물었다.

"지금 화이트가 너를 문 거야?"

"아니, 그냥 조금 화를 낸 거야."

페오는 웃어 보이려 했다. 하지만 그렇게 성질을 부리는 화이트의 모습은 낯설었다.

"너도 알다시피, 화이트는 고양이가 아니라 늑대야."

"그래, 알아."

"그냥 피곤한 것뿐이야."

페오는 망토에 달린 모자를 쓰며 말했다.

"화이트가 잠을 잘 수 있게 숲으로 가야 해. 그런데 도시는 어느 쪽이지?"

바람 때문에 나침반의 바늘이 마구 돌았다.

"내 생각에는…… 저쪽인 것 같아. 저쪽으로 가면 금방 숲이 나올 거야. 숲에 가면 불을 피울 수 있어."

페오는 주위를 둘러보고 방향을 짐작해 보았다. 추위 때문에 눈이 시렸다.

"그런데…… 널 몰아세우는 건 아니지만 말이야, 그 방향이 틀리면 우린 얼어 죽지 않을까?"

"나도 몰라! 나도 이런 추위엔 밖에 다니지 않는단 말이야. 넌 거친 거랑 미친 것도 구분 못 하니?"

바람이 잠잠해지자 낯선 소리가 들려왔다. 일리야는 놀라서 딸꾹질을 하고 손으로 입을 틀어막았다. 페오는 새끼 늑대를 머리카락

속에 감췄다. 아이들은 서로 눈빛을 교환했다.

"저거…… 웃는 소리야?"

일리야가 물었다.

"바람 소리일 거야."

하지만 바람 소리는 아니었다. 사람이 내는 소리가 분명했다. 라코프 장군의 웃음소리가 떠올랐다. 저기 눈보라 속 희미하게 보이는 형체는 군인일까, 아니면 그냥 나무일까?

"저기 봐! 늑대들이 무슨 냄새를 맡았나 봐."

페오는 새끼 늑대를 셔츠 안에 넣고 눈 벽 뒤로 숨었다. 바람이 얼굴에 정통으로 불어닥쳤다.

페오가 휘청거리자 세 마리의 늑대가 바람을 막아 주려는 듯 페오 앞으로 달려왔다. 일리야는 페오의 뒤에 섰다. 세찬 바람에 늑대들의 주둥이가 말려 올라갈 지경이었다. 눈이 입안에 들어가고 침이 바닥에 뚝뚝 떨어지는데도 그레이는 털을 빳빳하게 세운 채 꼼짝도 하지 않았다.

그때 눈보라를 헤치고 누군가가 나타났다. 그가 뭐라고 외쳤지만 알아들을 수는 없었다.

페오는 양손에 칼을 쥐고 방어 자세를 취했다. 올 것이 왔다는 생각이 들었다.

그 사람은 무언가 검은 것을 들고 있었다. 눈을 가늘게 뜨고 보니 도끼였다. 페오가 아는 한, 군인들은 도끼를 사용하지 않는다. 게다가 다람쥐 가죽을 엮어서 만든 외투를 입은 것 같았다. 다람쥐 가죽은 군대와 어울리지 않는다.

안도감에 펄쩍 뛰고 싶었지만 꾹 참았다. 그리고 외쳤다.

"누구세요?"

바람 때문에 소리가 닿지 않았다. 페오는 다시 한 번 고함쳤다.

"누구세요?"

상대방의 목소리는 세찬 바람에 흩어졌다. 곧 침착한 표정의 젊은 남자가 모습을 드러냈다. 그는 미소를 띠고 겨우겨우 걸음을 떼었다. 페오 역시 얼어붙은 턱을 간신히 움직여 웃음 지었다.

"무슨 일이에요?"

페오가 물었다.

"도와줄까?"

남자는 고함을 쳤다. 가까이 다가온 남자는 생각보다 앳되어 보였다. 어른 남자만큼 키가 컸지만, 나이는 고작 열일곱 정도밖에 안 된 것 같았고 뼈가 튀어나올 정도로 마른 체구였다. 게다가 발이 푹푹 빠지는 눈밭에서 놀랍게도 신발도 없이 양말만 신고 있었다.

"길을 잃었니?"

소년은 그레이를 발견했는지 더 다가오지 않고 2미터 정도 거리에 멈춰 섰다.

"아니. 그냥 추워서."

페오가 소리쳤다.

"그렇겠지."

순간 세찬 바람이 아이들의 얼굴을 강타했다. 소년은 손에 쥔 것을 내보이며 말했다. 갈까마귀였다.

"도와줄까?"

"그럼 고맙지."

일리야가 반색하며 말했다.

페오는 그냥 얼어붙은 얼굴을 끄덕이기만 했다. 대부분의 사람들을 엉망으로 만드는 거센 바람이 이 소년만큼은 비켜 가는 것 같다는 생각이 들었다. 환하게 빛나는 소년의 얼굴 위로 짙은 갈색 머리가 흩날렸다.

"그럼 서둘러!"

소년이 소리쳤다. 그는 가까이 다가와 눈을 가늘게 뜨고 아이들을 쳐다봤다. 그리고 그레이와 화이트를 가리키며 물었다.

"개야?"

페오는 어깨를 으쓱거렸다. 긍정의 표시로 볼 수도 있는 몸짓이었다.

소년은 하늘을 보고 활짝 웃었다.

"서둘러! 날씨가 더 나빠지고 있어."

"우린 타고 가려고⋯⋯."

일리야가 입을 떼자 페오가 옆구리를 쿡 찔렀다. 일리야는 입을 다물었다.

"자, 내 코트를 잡아!"

소년은 아이들에게 코트 끝자락을 내밀었다.

"뛰어갈 거야. 내가 너희를 끌어 줄게."

그리고 뭔가 생각난 듯, 자신을 가리키며 말했다.

"난 알렉세이 가스테프스키야."

거센 바람과 추위가 배 속을 휘감는 날씨에서도 소년은 놀랄 만큼 위엄 있었다. 페오는 불안한 마음에 주위를 둘러보았다. 하지만 선택의 여지는 없는 것 같았다.

"이쪽이야!"

알렉세이는 몸을 숙인 채로 바람에 맞서 성큼성큼 걸어 나갔다. 일리야의 얼굴은 차갑게 얼어붙어 있었지만 눈은 반짝거렸다.

페오는 눈을 거의 감은 채로 알렉세이의 발자국을 따라갔다. 늑대들이 그 뒤를 따랐다. 몇 걸음 뗄 때마다 그레이의 코가 페오의 무릎에 닿았다.

아이들은 구불구불한 길을 따라 북서쪽으로 향했다. 30분 정도 가자 페오는 눈과 폐가 얼어 버린 것 같았다. 발은 불타는 듯이 뜨거웠다. 차라리 죽는 게 더 편하지 않을까, 하는 생각이 들 때쯤 온통 새하얀 땅 위에 어두운 형체가 나타났다.

"저거 바위야?"

일리야의 목소리가 바람을 가르고 전해졌다.

"아니야. 집이야."

알렉세이가 소리쳤다.

사실 집이라기보다, 집터에 가까웠다. 집이었던 일곱 개의 건물이 있었고 각각의 건물 앞에는 텃밭이었던 것 같은 땅이 있었다. 모두 시커멓게 불에 탄 채 흔적만 남아 있었다.

그때 강풍이 불어와 아이들이 뒷걸음질 쳤다. 소년이 무릎을 꿇고 주저앉자, 일리야가 걸려 넘어지며 눈밭에 고꾸라졌다. 페오는 일리야를 일으켜 세워 줬다.

"조심해!"

소년이 미안한 듯 머쓱하게 웃어 보이고는 다시 손짓을 했다.

"서둘러. 거의 다 왔어."

아이들은 눈과 돌무더기 사이를 조심조심 걸었다. 깨진 도자기와 발에 밟혀 찌그러진 쇠 주전자가 나뒹굴었다. 블랙은 이를 드러내고 으르렁거리며 걸었다. 파괴의 신이 다녀간 듯 처참한 곳이었다. 미처 끝내지 못한 노동의 흔적이 여실히 남아 있었다.

알렉세이가 아이들에게 손을 흔들었다. 스무 걸음 정도 앞에 헛간만 한 작은 석조 건물이 있었다. 창문이 하나 보였고, 굴뚝에서는 연기가 피어올랐다.

"봤지? 돌은 불에 잘 타지 않아. 여긴 우리 누나네 집이야."

소년은 슬레이트로 지붕을 얹은 건물 벽에 기대어 활짝 웃었다. 그리고 이어 말했다.

"왜 거기 그러고 있어? 어서 들어가!"

늑대들은 집 앞에서 의심스러운 듯 킁킁거렸다. 블랙이 낮은 소리로 으르렁거리자 알렉세이가 눈을 동그랗게 뜨고 페오를 쳐다봤다. 사실 블랙이 화가 나서 으르렁거리는 것은 아니었다. 피곤하기도 하고, 주위를 경계하느라 그런 것이다. 하지만 그 차이를 모른다면 위협적일 수도 있다고 생각했다.

"개 세 마리가 잘 방이 있을지는 모르겠는데, 아니면 사나운 한 마리는 밖에 두는 게 어때?"

알렉세이는 태연하게 말했다.

페오는 고개를 끄덕였다. 어쨌든 그레이는 들어가지 않을 거니까. 그리고 블랙도. 늑대들은 예전에 붙잡혔던 기억 때문에 집에 들어가기를 좋아하지 않는다. 하지만 상처가 깊은 화이트는 집 안으로 들여보내야 할 것 같았다.

페오는 블랙에게 입을 맞추고 그레이에게 인사했다.

"화이트! 넌 들어가야 해. 상처를 봐야 하니까."

블랙은 집 외벽에 자리를 잡고 눈을 감았다. 그레이는 다시 눈보라

속을 헤치고 다른 집터로 갔다. 길이 보이는 자리였다. 그리고 북쪽을 향해 누웠다.

"화이트, 얼른."

페오가 화이트의 목덜미를 잡아당겼다.

"집 안으로 들어가!"

화이트가 움직이지 않아 페오는 화이트의 몸통을 붙잡고 문까지 질질 끌고 가야 했다. 화이트는 으르렁거렸지만 물지는 않았다.

알렉세이가 문을 두드리자 젊은 여자가 문을 열었다. 한 팔로는 아기를 안고, 다른 한 팔로 소총을 들고 있었다.

"이 아이들은 누구야?"

여자는 늑대를 안은 페오를 향해 고갯짓하며 물었다. 페오는 살갑게 웃으려고 했다. 지나치게 간절해 보이지는 않을까 하는 걱정이 스쳤다.

"모르겠어. 눈으로 지은 작은 집 같은 곳에 있더라고. 생긴 게 맘에 들어! 얘들아, 들어와서 몸 좀 녹여."

여자는 페오와 일리야의 눈을 차례로 들여다봤다. 그리고 한숨을 내쉬었다.

"들어오렴."

페오가 화이트를 데려가자 여자는 눈썹을 약간 치켜들었다. 하지만 아무 말도 하지 않았다. 여자의 얼굴은 알렉세이의 얼굴과 매우 비슷했다. 아름다운 광대뼈와 갸름한 얼굴형이 닮았다. 하지만 더 나이가 많았고, 거침없는 성격의 알렉세이에 비해 차분해 보였다.

집 안은 더할 나위 없이 따뜻했다. 바람 소리는 여전히 거셌지만 아까보단 훨씬 부드러워졌다. 페오는 얼굴에 묻은 눈을 털어 내고 주위를 둘러보았다.

구석에 가구들이 세워져 있었는데, 몇몇은 군데군데에 그을린 흔적이 있었고, 탄 냄새도 났다. 그래도 아름다운 가구였다. 물 주전자가 올라간 벽난로는 사람이 들어갈 수 있을 만큼 컸다. 알렉세이는 갈까마귀를 벽난로 위의 선반에 올려 두었다. 열기가 느껴지자 까마귀가 꿈틀거렸다. 그 모습을 본 페오는 소름이 돋는 것 같았다. 어쨌든 안전한 곳이라는 느낌이 들었다. 알렉세이는 활짝 웃어 보이며 아이들을 불가로 떠밀었다. 일리야는 망토를 벗고 부츠의 끈을 풀었다.

"그래, 이제 좀 제대로 대화할 수 있겠군. 눈보라가 너무 심할 때는 말을 하지 않는 게 좋아. 눈이 목구멍으로 들어가니까. 우리 삼촌은 편도선이 얼어서 떨어져 버린 적도 있어. 진짜야."

"알렉세이!"

여자가 소리쳤다. 하지만 얼굴에 웃음을 머금고 있었다.

알렉세이는 소리 없이 웃으며 물었다.

"너희들 이름이 뭐야? 이쪽은 우리 누나, 사샤라고 해."

그때 일리야가 눈에 싸인 무언가를 바닥으로 떨어트렸다. 바닥에 떨어진 일리야의 재킷이 보였다. 회색 모직에 가죽 줄이 가슴팍을 가로지르고, 금빛 단추가 달린 재킷이었다.

갑자기 사샤의 얼굴이 공포로 질렸다.

"알렉세이, 무슨 짓이야?"

사샤는 아기를 안은 채로 총을 찾아 더듬거렸다.

"뭐? 난 아무 짓도 안 했어."

순간 알렉세이가 아주 어린아이처럼 보였다. 페오는 어리둥절한 표정으로 이 둘을 쳐다보았다.

"집에 군인을 데려오다니. 또다시 이 집에서 죽음을 맞고 싶은 거야?"

"아니에요! 저는 군인이 아니에요!"

일리야는 웃어 보이려고 했지만 절망감으로 얼굴이 굳어졌다.

"나가. 우리 애한테 손댈 생각 마."

"그럴 생각 전혀 없었어요. 정말로요! 그리고 아주머니는…… 아기를 가졌잖아요."

일리야는 말을 멈췄다.

"가라고 했지! 또다시 군인을 만나면 불태워 버릴 작정이었다고."

일리야는 페오가 말릴 새도 없이 고개를 저으며 문으로 향했다. 양 볼을 타고 눈물이 흘러내렸다.

"일리야, 잠깐만!"

페오는 달려가서 일리야를 붙잡았다. 그리고 일리야를 남매 쪽으로 돌려세웠다. 그 다음, 사샤가 일리야의 영리한 입매와 선한 눈매를 볼 수 있게 얼어붙은 머리를 걷었다.

"얼굴을 보세요. 일리야가 군인이 되는 훈련을 받긴 했지만 지금은……."

순간, 일리야가 마치 늑대처럼 새로운 무리에 들어가 홀로 서는 법을 배우는 중이라는 생각이 들었다.

"누나, 위험한 애들은 아니야."

알렉세이가 얼굴을 붉히며 말했다.

"내가 저 아이들에게 이리 오라고 했어. 누나가 상관하지 않을 거라고 말이야."

"우리 아버지는 내가 사관생도가 못 되면 거지가 될 거라고 했어요. 그래서 나를 군대로 데려가서 열다섯 살이라고 거짓말했어요. 사실 내가 정말 되고 싶었던 건……."

일리야는 말을 끊고 입술을 깨물었다.

"그래도 안 돼, 알렉세이."

사샤는 여전히 총을 든 채로 말했다.

페오가 사샤의 팔꿈치를 붙잡았다.

"제발 부탁이에요. 미카일 라코프라는 사람이 저를 쫓고 있어요.

도와주세요!"

페오는 세상에 대해서 짐작만 하지 않고, 정확하게 아는 어른이 필요했다. 그리고 페오에게 다 괜찮아질 거라고 말해 줄 사람이 절실했다.

"제발……."

"라코프 장군을 말하는 거니?"

"네. 그 사람이 우리 엄마를 감옥에 집어넣었어요. 엄마는 아무 잘못도 안 했는데 말이에요. 그리고 이제는 나를 뒤쫓아요."

두려움을 감추기 위해 어색하게 웃는 바람에 이야기가 과장되게 들렸다.

"아마도 나를 뒤쫓고 있을 거예요."

여자는 아이들의 축 처진 얼굴을 쳐다보더니 총을 내려놓고 아기를 꼭 안았다.

"그럼 나한테 망토를 줘."

여자의 눈 밑에 검은 그림자가 짙게 드리워져 있었다.

"걱정하지 마. 다시 돌려줄 테니까. 말리려고 그래."

"감사합니다! 정말 감사합니다!"

페오와 일리야가 동시에 외쳤다.

아이들은 망토를 벗어서 손에 들고 나란히 서서 여자를 바라보았다.

"무슨 일이 있었는지 말해 봐."

"상트페테르부르크에 가고 있었어요."

질문에 대한 답은 아니다. 페오는 되도록 기억을 떠올리지 않으려고 했다. 일리야도 그렇게 해 주면 좋겠다고 생각했다. 그렇지 않으면 발을 밟아 버릴 작정이었다.

페오가 말을 이어갔다.

"눈이 그치면 바로 떠날게요."

그리고 일리야에게 속삭였다.

"문 가까이에 있자. 만일을 대비해서."

그다음, 큰 소리로 말했다.

"화이트, 여기 와 앉아."

"모두 다 앉자. 의자 대신 최고급 재투성이 바닥을 마련했어."

알렉세이가 농담을 했다.

페오가 바닥에 앉자 화이트가 페오의 어깨에 몸을 기댔다. 숨소리가 거칠었다. 페오는 화이트를 다독이며 편안하게 누울 수 있게 자세를 잡아 주었다.

"개가 다쳤니?"

여자가 물었다.

"라코프 장군이 그랬어요. 이번이 처음은 아니에요. 두 번째죠. 말씀드리기 복잡하지만, 간단히 말하자면 라코프 장군이 총으로 쐈어요. 그런데 여기선 대체 무슨 일이 일어난 거예요?"

알렉세이가 불을 쬐려 난로 가까이 손을 뻗었다. 반쯤 미소 짓고 있었다.

"여기도 라코프 장군이 그런 거야. 직접 한 건 아니지만."

알렉세이는 팔꿈치를 벽난로 프레임에 얹으며 말했다.

"군인 10여 명을 보내 사람들을 체포했지. 선택의 여지가 없다고 했어. 도망가지 못한 사람은 모두 총에 맞았어."

"뭐라고?"

페오가 놀라 되물었다. 일리야는 신음 소리를 낼 뿐이었다.

"대부분은 옆 마을로 도망갔어. 매형도 몸을 피했지만 누나는 그러지 못했지. 바바라한테 열이 있었거든. 나는 누나, 조카랑 함께 할아버지가 말을 키우던 헛간에 숨었어. 나 때문이야. 나 때문에 군인들이 마을로 다시 쳐들어온 거야."

"너 때문이라고?"

페오가 물었다. 동시에 일리야가 물었다.

"사람들이 다쳤어?"

일리야가 가까이 다가오자 페오는 일리야의 어깨에 팔을 둘러 제복에 달린 금빛 단추가 보이지 않게 가려 주었다.

"다쳤지. 죽은 사람은 없었지만 동물들이 죽었어. 고양이 열한 마리, 그리고 말 한 마리가 죽었지. 군인들이 말에게 총을 쏘고 고양이는 태워 버렸어."

"고양이를 태웠다고?"

페오가 살면서 들어 본 이야기 중 가장 끔찍한 소리였다.

일리야가 고개를 끄덕이며 말했다.

"충분히 일어날 법한 일이야."

그러자 모두가 일리야를 쳐다보았다. 사샤가 물었다.

"일어날 법한 일이라고?"

"라코프 장군은 불을 좋아한대요. 아끼던 것들이 불에 타는 것만큼 사람들을 두렵게 만드는 것은 없다고 했어요."

"어떤 상점 벽에 설탕 수십 포대가 쌓여 있었는데, 군인들이 상점에 불을 지르자 설탕이 캐러멜처럼 변했어. 재가 되지 않은 건 그것뿐이어서 우린 그 녹아 버린 설탕을 먹었어. 그 맛이 얼마나 질리는지 너희는 상상도 못할 거야."

사샤는 씁쓸한 미소를 지었다.

"그게 언제예요?"

페오가 물었다.

"이틀 전."

길고 무거운 침묵이 이어졌다.

"제가 아기를 안아 봐도 될까요?"

페오가 물었다. 분위기를 바꾸기에 좋은 제안이었다. 사실 페오는 아기를 제대로 볼 기회가 없었다. 아기를 안아 보니 생각보다 무겁고 따뜻했다. 머리카락은 늑대의 털만큼 부드러웠다. 아기는 놀란 듯 두리번거렸다.

"안녕, 아가야."

페오는 아기의 코에 자신의 코를 부드럽게 갖다 댔다. 사샤는 약간 움찔했지만 아무 말도 하지 않고 지켜보았다.

아기는 옹알이를 했다. 마치 작은 사람이 울까 말까, 고민하는 소리 같았다. 갓 태어난 새끼 늑대가 내는 소리 같기도 했다.

그때 페오의 옷 안에서 잠들어 있던 새끼 늑대가 깨어나 움직였다. 발톱이 살을 날카롭게 스치는 바람에 깜짝 놀랐다. 곧 새끼 늑대가 페오의 턱 밑에서 모습을 드러냈다. 아기의 옹알이 소리를 들은 새끼 늑대가 가르랑거렸다.

"얘는 저의 다른…… 강아지예요."

페오가 새끼 늑대의 촉촉한 코를 가리키며 말했다.

사샤는 아기를 봤다가 새끼 늑대를 봤다가 또다시 아기를 쳐다봤다.

"아주 착해요. 정말이에요. 아직 이도 나지 않았고, 물지도 못해요. 아마 아무 데나 오줌을 누지도 않을 거예요."

새끼 늑대는 킁킁거리며 냄새를 맡더니 거품이 보글거리는 것 같은 작은 소리를 냈다. 아마 으르렁거리고 싶었던 모양이다. 늑대는 두리번거리다 아기를 발견하고는 겁먹은 듯 희미하게 짖는

131

소리를 냈다.

페오는 웃으며 아기를 무릎에 앉히고 늑대를 손으로 꺼냈다.

"아가, 너와 같은 아기야. 사람의 아기란다. 쉿! 조용히 해. 우린 손님이야."

페오는 새끼 늑대를 아기 앞에 내려놓았다. 늑대와 아기는 서로 냄새를 맡으며 탐색했다. 새끼 늑대가 아기의 발을 핥자, 아기는 기분이 좋아져서 꺅, 하고 소리를 질렀다. 페오가 오랫동안 들어 보지 못한 기분 좋은 소리였다. 페오는 아기 쪽으로 몸을 숙이고 속삭이듯 노래를 불렀다.

사샤는 웃지 않았지만 못마땅해 보이지도 않았다.

"얘는 진드기나 벼룩도 없고 진짜 깨끗해요. 태어난 후로 거의 제 옷 속에서만 살았거든요. 물지도 않아요."

페오는 셔츠를 올려 상처 없는 깨끗한 배를 보여 주었다. 그리고 아기를 가리켰다.

"아기가 먹을 만큼 컸나요?"

순간 자신의 질문이 이상하게 들릴 수도 있음을 깨닫고 얼굴을 붉히며 정정했다.

"음식을 먹을 수 있냐는 뜻이에요. 아기를 먹는다는 말이 아니고요."

"아기 이름은 바바라야. 그래, 음식을 먹을 수 있어. 하지만 아직 우유를 주고 있지. 먹을 것이 넉넉하지 않거든."

사람은 며칠간 제대로 먹지 못하면 눈가와 볼이 푹 꺼진다. 페오는 그런 모습을 집을 지나던 여행객들에서 본 적이 있다. 잊을 수 없는 모습이었다.

"아기는 무엇을 먹어요?"

일리야가 물었다.

"우유에 적신 빵이나 과일 같은 것."

사샤가 대답했다.

"저에게 빵이 조금 있어요. 그리고 사과도요. 사과를 잼처럼 만들어서 빵 위에 얹으면 너무 진할까요? 아기가 먹기에 말이에요."

"아니. 아주 좋을 것 같아."

처음으로 사샤의 얼굴에 미소가 떠올랐다. 사샤는 어지러운 듯 이마에 손을 가져다 댔다.

"대신 우유를 조금 주실 수 있을까요? 강아지에게 주려고 해요. 한 숟가락 정도만 주셔도 괜찮아요."

"그럼, 물론이지."

"여기요! 사과 여섯 알이에요. 냄비에 넣어 졸이면 사과 스튜가 될 거예요. 부활절엔 늘 엄마가 사과 스튜를 만들어 주셨죠. 치즈도 약간 있어요. 치즈랑 사과를 같이 먹으면 얼마나 맛있는데요. 여름의 맛이 나요. 아, 초콜릿도 있어요. 가을에 넣어 둔 거라서 맛이 어떨지는 모르겠어요."

"그렇게까지 많이 줄 필요는 없단다."

하지만 사샤의 얼굴은 급격하게 밝아졌다.

"괜찮아, 누나."

알렉세이가 말했다. 페오도 맞장구쳤다.

"맞아요. 당연히 드려야죠. 동물들도 함께 먹는걸요."

일리야는 얼굴을 찌푸렸다. 그리고 페오의 귀에 작게 속삭였다.

"조금은 남겨야지. 또 언제 음식을 얻을 수 있을지 모르잖아."

페오의 얼굴이 확 달아올랐다. 왠지 모르게 부끄러웠다.

"괜찮을 거야."

그리고 주제를 바꾸어 버렸다.

"군인들이 왜 쳐들어온 거예요? 저랑 관련이 있는 건 아니죠?"

"너랑? 절대 아니야. 왜 그렇게 생각해?"

알렉세이는 일어나 칼을 갈더니 끓고 있는 사과를 푹푹 찔러 봤다.

"다음번 군인들이 올 때를 대비해서 칼을 갈아 두어야겠어. 그들이 내 신발과 책들을 다 불태워 버렸지. 책만은 태우지 못하게 막으려 했는데. 물론 우리가 마르크스*를 읽는 걸 좋아하지 않는다는 건알지만, 아직 다 못 읽었단 말이야. 읽고 있는 책을 가져가 버리는 건

---

* 칼 마르크스(1818~1883). 독일의 경제학자이자 정치학자, 철학자. 사회주의, 공산주의 사상에 큰 영향을 끼쳤다. 〈공산당 선언〉, 〈자본론〉 등의 책을 썼다.

잔인한 일이야."

"도대체 왜? 군인들이 술을 마셨던 걸까요?"

페오는 최대한 어른스럽게 물어보았다.

"그런 게 아니야. 내 동생 알렉세이가 사람들을 선동하기 때문이
야."

사샤가 대답했다.

"선동이라고요? 정말로요?"

페오는 선동가에 대한 선전물을 본 적이 있다. 선전물의 선동가들
은 악어처럼 생겼는데, 주둥이가 좀 더 길었다.

"하지만…… 그렇게 생기지 않았는걸요."

"선동가는 황제에 반대하는 사람이야."

일리야는 예전에 들었던 말을 떠올리며 이야기했다.

"그리고 선동가들은 조국의 적이야. 어디선가 그렇게 읽었어."

"하, 라코프 장군도 우리 엄마에 대해서 그렇게 말하잖아!"

페오는 자신도 마치 그런 사람이 된 것 같았다. 하지만 그걸 입 밖
으로 꺼내지는 않았다.

"그래!"

알렉세이가 냄비 속의 사과를 칼로 찌르며 말했다.

"하지만 나는 내가 선동가라는 사실이 자랑스러워. 황제가 잔인한
사람은 아닐지 몰라도, 멍청한 사람인 것은 확실해. 통치자가 멍청한

건 그 나라에 최악이야. 이런 말을 읽은 적이 있어. 지성의 실패이자, 통치의 실패다."

"통치는 정말 엉망이지."

일리야가 천천히 고개를 끄덕이며 알렉세이를 쳐다봤다. 알렉세이는 일리야의 등을 툭 쳤다. 일리야의 얼굴이 페오의 망토만큼이나 붉어졌다.

"정답! 우리가 바로잡아야 해. 그러려면 우리가……."

알렉세이는 치즈를 잘라 아기의 입에 넣어 주며 말을 이어 가려 했다. 그러자 사샤가 치즈를 받아 들고 웃으며 이야기를 가로챘다.

"정치 이야기는 그만."

"가끔 우리 집에 온 여행자들이 저녁 식사 자리에서 황제에 대해 이야기하려고 하면, 나는 '벌금이에요!'라고 말하고 주제를 바꿨어."

페오가 말했다.

"하지만 이건 중요한 이야기야! 정치 이야기가 아니라 삶에 대한 이야기라고!"

알렉세이가 항변했다.

"그것보단 죽음에 더 가까운 이야기 같은데? 어쨌든 이제 그만해. 처음 군인들이 이곳에 왔다 간 후로 정치 이야기는 그만하기로 약속했잖아. 기억하지? 이 누나 생각도 좀 해 줘. 난 네가 열여섯이 되기 전까지 체포되는 일은 없으면 좋겠어."

알렉세이는 누나의 말을 무시하고, 농노며 혁명이며 유태인 박해와 마르크스에 관한 이야기를 떠들어 댔다. 알렉세이는 다른 사람들보다 두 배 빨리 말했고, 이야기하면서 머리카락을 자주 잡아당겼다. 알렉세이의 열띤 연설을 들으며 일리야는 감탄했다. 그 사이, 아기는 새끼 늑대와 장난을 치며 깔깔거렸다. 알렉세이는 폭풍우만큼 강하게, 바람보다 빠르게 이야기를 이어 나갔다. 머리가 띵할 정도였다.

그러다 갑자기 알렉세이가 말을 멈추었다. 그리고 경주를 마친 말처럼 쿵쿵거렸다.

"사과 스튜가 다 된 것 같지 않아, 누나?"

사샤는 웃으며 벽난로로 가 냄비를 내렸다.

"음식은 유일하게 정의보다 중요한 것이지."

"우리는 점심을 많이 먹었으니까 조금만 주시면 돼요."

페오는 거짓말을 했다.

졸인 사과에서 향긋한 냄새가 났다. 사샤는 굳은 설탕을 평평하게 해 떠먹을 수 있게 만들었다. 페오는 뜨거운 사과 스튜를 허겁지겁 삼키는 바람에 입천장이 다 벗겨지고 말았다. 페오와 일리야는 불가에 두어 말랑말랑해진 치즈를 빵에 끼워 샌드위치를 만들었다. 그동안 먹은 게 눈뿐이어서 그런지, 환상적일 정도로 맛있었다.

페오는 화이트를 깨워 자신의 샌드위치 절반을 나눠 주었다. 평소에도 치즈를 좋아하던 화이트는 샌드위치를 먹고 기운을 좀 차린 것 같았다. 치즈는 종종 그렇게, 누군가에게 용기를 주기도 한다. 화이트는 일어나 알렉세이에게 다가갔다. 그리고 킁킁 냄새를 맡았다. 알렉세이는 그 자리에서 얼어 버렸다.

"물어?"

"잘 모르겠어. 낯선 사람을 한 번에 많이 만난 적이 없거든."

페오가 솔직하게 대답했다.

화이트는 으르렁거리지 않았다. 온화해 보였고, 동시에 피곤해 보이기도 했다.

"물지는 않을 거야, 아마도."

화이트의 혀가 알렉세이의 발목에 닿자 알렉세이는 헉하고 놀랐다. 화이트는 알렉세이의 발을 핥기 시작했다.

"간지러워!"

알렉세이는 얌전한 얼굴로 가만히 서 있었다. 페오는 그 모습을 보고 웃었다. 알렉세이가 화이트를 가리키며 물었다.

"저기 피가 나는데, 괜찮은 거야?"

"나도 모르겠어."

페오는 음식을 씹으며 대답했다.

"사실 괜찮지 않은 것 같지만, 어떻게 해야 할지 모르겠어."

"혹시 붕대 있니?"

사샤가 물었다.

"아니요. 양말밖에 없어요."

일리야가 대답했다.

"아니야, 양말은 신고 있어."

사샤는 아기와 새끼 늑대를 무릎에 앉히고 아이들을 바라봤다. 새끼 늑대는 아기의 손을 입에 넣고 침을 뚝뚝 흘리고 있었다.

"양말은 꼭 필요해. 모험엔 양말이 필수거든."

"우리가 모험을 하려는지 어떻게 아셨어요?"

"그냥 알 수 있어. 일단 상처를 깨끗이 해야 해. 알렉세이, 저쪽에 있는 내 수건을 가지고 와. 그걸 사용하자."

페오의 망토가 불 앞에서 따뜻한 김을 내뿜고 있었다. 망토 냄새를 맡자 번뜩 좋은 생각이 떠올랐다.

"제 망토의 끝단을 자르면 어떨까요? 보통 벨벳을 붕대로 쓰지 않는다는 건 알지만, 아무것도 없는 것보다 낫잖아요."

아이들은 한 시간 동안 화이트의 총상을 정성껏 치료해 주었다. 화이트는 세 명이 옆구리에 달라붙어 털에 붙은 얼음과 나무껍질, 먼지를 털어 내는 동안 꼼짝도 않고 가만히 누워 있었다. 한두 번 으르렁거리기는 했는데, 그때마다 일리야와 알렉세이가 깜짝 놀라 펄쩍 뛰며 머리를 부딪쳤다. 페오는 붕대의 매듭을 묶었다. 늑대의 근육이 어떻게 움직이는지 잘 알기 때문에 화이트가 움찔거릴 때마다 붕대를 조이거나 느슨하게 하며 조절했다. 작업이 끝나자 화이트의 등 절반이 붉은 벨벳으로 덮였다. 화이트는 더 편하게 걷게 되었다.

"잘했구나. 어린데도 다들 능숙하게 잘 해냈어."

사샤가 말했다.

페오는 스스로가 그다지 어리지는 않다고 생각했지만, 그냥 빙긋 웃었다. 온기 덕분에 굳었던 머리가 돌아가는 것 같았다.

"알렉세이에게도 신발을 만들어 줄까요?"

"정말? 만들 수 있어?"

알렉세이가 소리쳤다. 하지만 사샤는 웃으며 고개를 저었다.

"하지만 방수가 되지 않으면 소용없어."

그러자 일리야는 목을 가다듬으며 말했다.

"혹시 식용유 있나요?"

"어딘가 조금 남았을 거야. 거의 다 불타 없어져 버렸겠지만."

"비누는요?"

"나한테 작은 비누가 있어. 몸을 안 씻어야겠다. 겨울에는 목욕할 필요도 없잖아, 안 그래?"

알렉세이가 대답했다.

"음, 기름에 비누와 재를 섞으면 방수가 되는 물질이 만들어져."

일리야는 깜짝 놀란 페오에게 대답이라도 하듯 말을 이어 나갔다.

"어떤 이야기를 읽었는데, 주인공이 망토로 신발을 만들었어. 벨벳을 가늘게 자른 후에 방수 물질을 입히고 튼튼하게 엮으면 신발을 만들 수 있을 거야. 맨발보다는 훨씬 낫지."

신발을 만드는 작업은 늑대에게 붕대를 감는 일보다 훨씬 더 오래 걸렸다. 천을 발에 감아서 크기를 재는 동안 알렉세이가 가만히 있지 못했기 때문이었다. 하지만 그 결과물은 놀라웠다. 검붉은 색의 거대한 슬리퍼가 완성되었다.

알렉세이는 신발을 시험해 본다며 집 안을 이리저리 마구 뛰어다니더니 활짝 웃었다.

"물이 새지 않아!"

알렉세이는 페오와 일리야의 등을 툭툭 치며 말했다.

"라코프 장군에 대한 전투력 상승!"

그새 해가 졌다. 하지만 아무도 잠옷을 갈아입지 않았다. 갈아입을 옷이 없었기 때문이다. 사샤는 바바라의 머리를 빗겨 준 다음 페오의 머리도 빗어 줬다. 페오는 머리를 땋아 정수리에 빙 둘러 고정시키고 그 안에 칼을 넣었다. 칼집 안에 꽂힌 칼은 페오의 머리채에 안전하게 자리잡았다.

"아주 좋아. 상트페테르부르크 사람들은 개성 있는 스타일이라고 생각할 거야."

사샤가 말했다.

일리야는 낄낄거렸다.

"네가 자기를 죽일지도 모른다고 생각하겠지."

아기를 침대에 눕히자 잠시 칭얼댔다. 서랍으로 만든 침대에 동물의 털이 깔려 매우 포근해 보였다. 알렉세이는 황제에 대한 이야기를 멈추고 오랫동안 러시아의 옛 민요를 불렀다. 페오는 알렉세이의 목소리에서 어쩐지 산의 느낌이 난다고 생각했다. 일리야는 무릎을 세우고 그 위에 얼굴을 얹은 뒤 눈을 꼭 감고 노래를 들었다. 숨조차 쉬지 않는 것 같았다.

두 남자아이의 코 고는 소리가 집 안을 가득 채운 지 한참이 지난 뒤에도 페오는 이불 속에서 뒤척이고 있었다. 바람이 멎고 눈보라도 잠잠해진 것 같았다. 페오는 사샤가 건네준 두꺼운 담요와 조금 남은 사과 스튜를 챙기고 나뭇가지에 불을 붙였다. 그리고 망토의 모자 속에 장작을 담았다.

블랙은 페오와 헤어지기 전에 보았던 그 자리에 그대로 앉아 있었다. 그레이는 그 옆에서 경계를 풀지 않고 꼿꼿이 서 있었다. 페오는 바닥에 장작을 쌓고 불을 붙였다. 블랙은 냉담해 보였지만, 페오가 사과 스튜를 주고 담요로 등을 문지르자 페오의 무릎을 깨물고 머리카락을 핥기 시작했다. 페오는 담요를 두르고 불가에 얼굴을 가까이 가져갔다. 블랙이 페오의 몸을 감싸며 자리에 앉았다. 늑대만큼 따듯한 담요는 없다. 장작이 타면서 불꽃이 밤하늘로 퍼져 올라갔다. 불가에서는 익숙한 냄새가 났다. 눈과 늑대의 비릿한 냄새가 섞인 냄새였다. 희망 안에서 숨 쉬는 듯한 기분이 들었다. 페오는 잠들

지 않으려 노력했다. 하지만 장작 타는 소리와 블랙의 숨소리가 자장
가처럼 울려 퍼지자 결국 잠에 빠져들고 말았다.

9장 알렉세이의 제안

다음 날 아침, 화이트가 페오를 깨웠다. 늑대들은 성능이 좋은 알람 시계다. 늑대들의 침 세례를 받고 싶지 않다면 일어나 앉는 수밖에 없다.

"일어났어. 일어났다고."

페오는 눈을 비비며 늑대의 주둥이를 밀어냈다. 화이트가 콧구멍을 막을 기세로 얼굴을 핥아 댔다.

멀리서 알렉세이가 페오를 바라보고 있었다. 알렉세이는 경외감이 섞인 듯한 알 수 없는 표정으로 무언가를 말하려는 듯 주춤거렸다.

"여기."

알렉세이가 따뜻한 김이 올라오는 컵을 내밀었다. 다른 팔로는 겨드랑이에 도끼를 낀 채 새끼 늑대를 들고 있었다.

"하얀 개가 문을 긁어 놨어. 땔감을 찾으러 나갔다 오는 길에 발견했어."

알렉세이는 그레이의 날렵한 어깨와 노란빛이 도는 눈, 그리고 뾰족하게 선 귀를 유심히 바라보았다.

"그런데…… 개처럼 생기지 않았어."

페오는 대답하지 않았다.

"늑대 맞지?"

페오는 재빨리 다가가 당황한 기색을 애써 감추며 딱딱하게 물었다.

"왜 그렇게 생각하는데?"

"일리야가 실수로 말해 버렸거든. 누나가 싫어했어. 늑대가 긁어 놓은 문을 살펴본다는 핑계를 대며 밖으로 나와 버렸지. 이제 네가 누군지 알겠어."

페오는 아무 말 없이 화이트의 붕대를 확인하고 코가 촉촉한지 만져 보며 부산스럽게 움직였다.

"라코프 장군이 쫓는 아이가 바로 너지? 사실 그건 그냥 소문이라고 생각했어. 그러니까, 장군의 눈을 멀게 한 늑대 소녀 이야기 말이야. 너도 알다시피 그건 미친 소리처럼 들리잖아."

"그건 정말 미친 소리야."

페오가 새끼 늑대를 얼굴 가까이 가져오자 새끼 늑대가 페오의 이마를 핥았다. 비릿한 짐승의 냄새가 났다. 막 잠에서 깬 새끼 늑대는 잠시도 가만히 있지 않고 페오의 머리를 마구 헝클어 놓았다.

"일리야가 애를 돌봐 줬어?"

페오가 물었다.

"응. 그리고 일리야가 잠든 뒤에는 내가 돌봤어. 먹이도 주고."

"뭘 줬는데?"

페오는 너무 날카롭지 않게 말하려고 애썼다.

"우유랑 물."

"아, 그래. 고마워."

페오는 어색하게 웃음 지었다.

알렉세이도 빙그레 웃고 페오에게 건넨 컵을 눈짓으로 가리켰다.

"따듯할 때 얼른 마셔. 맛있지는 않지만, 식으면 못 마실지도 몰라."

페오는 음료를 들이켰다. 톡 쏘는 맛 때문에 헉 소리가 났다. 페오
는 음료를 입안에 머금은 채로 웅얼거렸다.

"이게 뭐야?"

"차 같은 거야. 여름에 따서 말려 놓은 나무 열매 부스러기랑 어제
먹은 사과 스튜를 섞었어. 설탕도 넣었고. 일리야가 가방에서 설탕
덩어리를 꺼내 줬거든. 그거라도 마시면 힘이 날 거야."

"고마워. 이건……."

차마 맛있다는 말을 할 수는 없었다.

"따듯해."

알렉세이는 아직 잠든 늑대들에게서 멀찍이 떨어진 곳에 쪼그리고 앉았다.

"간단한 질문 하나 해도 될까?"

"그래."

"12년 만의 최악의 폭풍우가 닥친 어젯밤에, 너는 늑대들과 들판 한가운데서 대체 뭘 했어?"

"간단한 질문이 아닌 것 같은데?"

페오는 웃으며 새끼 늑대를 안았다. 그리고 막내에 대해, 라코프 장군에 대해, 그 광기에 대해, 엄마에 대해, 그리고 엄마를 찾으러 크레스티 감옥으로 가려는 계획에 대해서 이야기했다.

알렉세이는 이야기를 집중해서 듣는 편이 아니었다. 중간중간 말을 끊고, 재미도 없는 부분에서 웃음을 터트리는가 하면, 라코프 장군의 눈에 대해서 이야기를 할 때는 눈을 뭉쳐 허공에 던지기도 했다. 하지만 어쨌든 이야기는 끝이 났다.

"어머니 말고 가족은 또 누가 있어? 일리야는 친척이야?"

알렉세이가 물었다.

"아니! 그냥 아는 아이야."

페오는 말을 하다 말고 잠시 생각했다.

"일리야는 괜찮은 아이야. 착해."

"그래."

"빼빼 말랐지만 머리가 좋아. 책을 많이 읽었거든. 하지만 집에는 나랑 엄마뿐이야. 늑대들이랑."

페오는 늑대의 우아함과 무리 지어 사는 습성, 늑대들이 사는 아름다운 장소에 대해 설명하고 싶었다. 하지만 그러지 않고 말을 돌렸다.

"방법만 안다면 눈과 친구가 될 수도 있어."

"라코프 장군이 불태우기 전에는 어땠는지 궁금해. 너희 집은 어떤 모습이었어?"

페오는 새끼 늑대가 자기 손가락을 씹게 그냥 내버려 두었다.

"그런 분위기 알아? 밖에는 비가 오는데 집 안에는 벽난로에 장작이 타고 있어. 그리고 늑대들이 어슬렁거리며 손을 핥거나 러그를 씹는 거야. 그런 게 바로 행복이지."

"알아. 늑대는 말고, 여유롭게 쉬는 것 말이야."

"엄마랑 나는 밤을 구워서 크림에 찍어 먹었어. 철망이 있어서 밤을 태우지 않고 구울 수 있었거든. 하지만 지금은 모든 게 사라졌어."

페오가 몸서리치자 새끼 늑대가 작은 울음소리를 냈다.

"그래! 바로 그거야! 그 사람들이 네 삶의 터전을 파괴했어. 그 사람들과 싸우고 싶지 않아?"

페오는 어깨를 움츠렸다.

"가서 엄마를 되찾아 올 거야. 그리고 새로운 곳으로 가서 집을 다시 지을 거고. 예전 집처럼 만들 거야."

"도움이 필요할걸. 크레스티 감옥은 만만한 곳이 아니거든. 나는 그곳에 다녀왔던 사람들 몇 명을 알아."

"일리야가 있잖아. 늑대들도 있고."

"잘 들어. 나는 너랑 거래를 하고 싶어."

그 순간 알렉세이는 열다섯 살보다 훨씬 나이가 많아 보였다.

"어때?"

페오는 눈을 가늘게 떴다.

"일단 들어 볼게."

"나는 도와줄 사람이 필요해. 사람들은 황제를 몹시 두려워해. 라코프 장군보다도 훨씬 더 두려워한다고."

"글쎄, 만일 내가 두려운 사람을 한 명 꼽아야 한다면 그건 라코프 장군일 거야. 그 사람을 본 적 있어? 제정신이 아니야."

알렉세이는 심각한 얼굴로 고개를 끄덕였다.

"그래, 맞아. 그 사람이 제정신이 아니라는 바로 그 점을 이용해야 해. 하지만 문제는, 우리 부모님이나 누나, 매형, 그리고 친구들까지 모두 우리가 아무것도 할 수 없다고 생각한다는 거야."

"그게 사실이잖아."

"절대 아니야! 하지만 사람들을 싸우게 할 방법이 한 가지 있지."

페오는 눈 위에서 검게 변해 가는 모닥불을 가리키며 말했다.

"집을 태워 버리면 싸우려고 할걸."

"아니야. 그렇게 하면 겁만 잔뜩 먹을 거야. 사람들은 라코프 장군이 악의 화신이라고 말하지만, 사실 그냥 사람일 뿐이야. 이미 네가 그 사람을 다치게 했잖아. 그 사람은 고작 열두 살 소녀인 너를 쫓고 있고. 이렇게 작은 네가 장군을 거의 죽일 뻔했어. 너는 라코프 장군이 천하무적이 아니라는 증거 그 자체야."

"죽일 뻔한 게 아니야."

페오는 이 점을 분명하게 하고 싶었다.

"이야기가 필요해. 네가 겪었던 일 같은 이야기가. 너의 이야기를 들으면 사람들은 충격을 받고 행동하려 할 거야. 이야기는 혁명을 일으킬 수 있거든."

"네가 어제 말했던 사람, 레닌인가? 혁명은 그 사람이나 할 수 있을 것 같아."

"레닌*은 시베리아로 추방당했어. 그리고 레닌은 라코프 장군 따위 신경 쓰지 않아. 온통 볼셰비키** 생각뿐이지. 네가 필요해, 페오."

"나는 혁명을 할 시간이 없어. 금요일까지 도시에 가야 한다고. 그런데 벌써 일요일이잖아."

"아니야, 들어 봐! 처음에는 작은 마을의 사람들 정도로도 충분해.

---

* 블라디미르 레닌(1870~1924). 구소련의 혁명가이자 정치가. 소련 공산당을 창시하였으며, 러시아 혁명을 지도했다. 러시아 볼셰비키 혁명의 중심인물이다.
** 레닌이 이끌던 구소련 공산당을 일컫는 이름. 폭력 혁명과 독재 정치 이론을 펼치는 등 과격한 혁명주의를 주장했다.

그러고 나면 다른 사람들이 우리 대열에 동참할 거야."

말을 마친 후, 알렉세이는 활짝 웃었다. 그 표정이 어딘지 모르게 장난꾸러기처럼 보이기도 하고 사납게 보이기도 했다. 페오는 콧잔등을 찡그렸다. 조각처럼 아름다운 사람이 미치광이처럼 보이기는 쉽지 않다. 하지만 알렉세이의 얼굴에는 눈부신 아름다움과 광기가 공존했다. 알렉세이가 덧붙였다.

"우리가 이 세상을 바꿀 수 있어."

페오는 고개를 저었다. 새끼 늑대가 손가락에 우유가 묻어 있기를 바라며 페오의 손목을 핥기 시작했다.

"새끼 늑대는 잠깐 놔둬, 페오. 우리 마을 사람들 중 절반은 싸우기를 원해. 하지만 나머지 절반은 그냥 지나가기를 기다리지. 그 사람들은 나서면 상황이 더 안 좋아질 거라고 말해."

페오는 새끼 늑대가 손목을 핥지 못하게 옷소매를 내렸다.

"도움이 필요해, 페오. 함께 마을로 가서 사람들에게 어떤 일이 있었는지 말해 줘. 너 같은 소녀가 라코프 장군과 싸울 준비가 되었다고 말한다면, 가만히 있는 사람들은 부끄러워질 거야. 그리고 나가 싸우면 우리가 이길 수도 있다고 생각할 거야."

페오는 잠시 생각했다. 거절하면 알렉세이가 실망할 것 같았다. 하지만 어쩔 수 없었다.

"안 돼. 나는 엄마에게 가야 해."

"부탁이야! 마을까지만 같이 가 줘. 무슨 말을 할 필요도 없어. 그냥 이 모든 이야기를 내가 지어낸 게 아니라는 걸 증명하기만 해 줘. 난 사실…… 종종 이야기를 꾸며 내기도 해. 하지만 네가 그 자리에 있기만 한다면!"

"그렇지만 네가 말하는 혁명은 나와 아무 상관이 없어. 나는 크레스티에 가야 해."

알렉세이는 입술을 깨물었다. 그리고 방법을 바꾸어 설득하기 시작했다.

"알았어. 하지만 먹을 게 필요하지 않아? 우리가 지난밤에 다 먹어 버렸잖아."

"사냥을 하면 돼."

"그리고 도시에 대해 네가 모르는 것들이 있어. 군인이나 성문 같은 것들 말이야."

페오는 심장이 덜컥 내려앉는 것 같았다.

"뭐라고?"

"나와 함께 마을로 가 준다면 다 말해 줄게."

"그건 협박이야!"

"일종의 뇌물이라고 생각해 줘. 협박과는 다르다고."

알렉세이는 짙고 커다란 눈으로 페오를 쳐다봤다. 하지만 페오는 고개를 저었다.

"난 정치에 관심이 없어. 단지 엄마를 되찾으려는 것뿐이야. 미안
해, 정말로. 하지만 그건 좋은 생각이 아닌 것 같아."

"너 정말 재미없는 애구나."

알렉세이가 자리에서 일어나며 말했다.

"난 그냥 솔직한 거야!"

"그게 그거야. 실망스러운 대답일 줄 알면서도 그렇게 말하는 건
잔인하게 솔직한 거지. 하지만 난 잘될 거라고 생각해. 전에 곰의 얼
굴에 주먹을 날린 적이 있거든."

"솔직한 거랑 곰이랑…… 무슨 상관이야?"

"상관있지. 내 주먹은 잔인하리만큼 정직하거든. 사람들은 세상의
눈으로 우리를 보기 때문에 우리가 할 수 없을 거라고 말해. 돌에 새
겨진 것처럼 틀림없다고들 하지. 하지만 나는 판지에 돌처럼 색칠을
한 것뿐이라고 생각해. 나를 믿어 줘. 날 도와주면, 나도 널 도울게."

페오는 인상을 썼다.

"내가 잘 이해한 건지 모르겠어. 나는 곰을 때린 적이 없어. 독수리
와 머리를 부딪친 적은 있지만 그건 어쩌다 일어난 일이었어. 하지만
라코프 장군이 엄마를 데려가서……."

"바로 그거야!"

알렉세이가 불쑥 끼어들었다. 얼굴이 환하게 빛났다.

"라코프 장군은 사람들을 죽였어! 너희 엄마만 억울한 일을 당한

게 아니라고. 너 자신을 위해, 그리고 내 누나 같은 사람들을 위해서
싸우고 싶지 않아? 아기가 자기 집이 불타는 걸 보지 않고 자라게 해
주고 싶지 않아? 너는 비겁한 사람이 아니잖아."

페오는 알렉세이의 얼굴을 바라봤다. 군데군데 늑대의 침으로 번
들거리는 얼굴은 단호하고 생기 넘쳤다.

"나에게 성문에 대해서 알려 주고 제대로 된 음식을 가져다준다고
약속한다면, 좋아. 너와 함께 갈게."

10장 마을 사람들

알렉세이, 일리야, 페오가 굴뚝에서 연기가 피어오르는 어느 마을을 지날 때였다. 어떤 생각이 떠오른 페오가 블랙의 등에서 폴짝 뛰어내렸다.

"갑자기 왜 그래? 거의 다 왔는데!"

알렉세이가 물었다.

"두 가지 이유가 있어. 먼저, 사람들이 우리가 늑대에 탄 모습을 보지 않는 게 좋을 것 같아. 만일을 대비해서."

"뭘 대비하는데?"

일리야가 물었다.

"음, 법에 위반될 수 있잖아."

"마을에서 늑대를 타면 안 되는 법이라도 있다는 거야?"

일리야는 그렇게 말하면서도 얼른 그레이의 등에서 내려 페오 옆에 섰다.

"만일을 대비해서."

사실 페오는 계획대로 되지 않아 도망치게 될 경우를 염두에 두었다. 그렇게 된다면 그들이 얼마나 빨리 도망칠 수 있는지 사람들이 모르는 편이 좋겠다고 생각했다. 조심해서 나쁠 건 없다.

"늑대들은 여기에서 기다리게 하자. 사람들이 늑대들을 다치게 하는 건 싫어."

알렉세이는 의아한 표정을 지었다. 페오가 덧붙였다.

"반대가 될 수도 있고."

"이유가 두 가지라며?"

일리야가 말했다.

"그리고 배고파. 너희는? 음식을 좀 먹으면 기운이 날 것 같아. 알렉세이, 까마귀 고기 가져왔어?"

아이들은 눈이 덜 쌓인 곳을 찾아서 잔가지를 쌓아 올렸다.

일리야는 얼어붙은 손으로 성냥을 만지작거리며 불을 피우려고 애썼다. 페오는 알렉세이가 이 모습을 보고 웃기라도 하면 확 물어 버리려고 눈을 부릅뜨고 지켜봤다. 누구도 일리야를 비웃지 못하게 할 것이다. 하지만 알렉세이는 발뒤꿈치에 엉덩이를 붙이고 앉아 주위를 살피기만 했다. 페오도 함께 주위를 둘러보았다. 하늘은 상트페테르부르크의 겨울 궁전*처럼 푸르렀다. 끝도 없이 펼쳐진 눈 덮인 언덕에 작은 나무들이 기도하는 북극곰처럼 솟아 있었다.

"정말 아름다워. 만약 붙잡힌다고 해도, 여기 온 걸 후회하지는 않을 것 같아."

마침내 불씨를 피워 낸 일리야가 고개를 들며 말했다.

페오는 까마귀 고기를 반으로 갈라 내장을 제거했다. 털을 뽑는데 시간을 들이기 싫어서 털이 붙은 쪽의 살은 늑대들에게 던져 주었다.

"고기가 다 익는 데 얼마나 걸릴까? 일 분?"

페오가 물었다. 그러자 일리야가 대꾸했다.

"한 시간?"

알렉세이는 한술 더 뜨며 말했다.

"다섯 시간?"

"다 된 것 같으면 먹어 보자."

일리야의 말에 알렉세이가 나섰다.

"내가 먼저 먹어 볼게."

아이들은 까마귀 고기를 요리해 본 적이 없었다. 하지만 일리야가 책에서 요리법을 읽은 적이 있다고 했다.

"소설에 나오는 음식 이야기는 믿을 수 없어."

---

* 상트페테르부르크에 있는 바로크 양식의 궁전으로, 흰색과 에메랄드색 건축물이다. 왕족들이 겨울에 머무르는 궁전이었기 때문에 겨울 궁전이라는 이름이 붙었다.

알렉세이는 반대했지만 페오가 일리야의 생각에 동의했다. 아이들은 까마귀 고기를 반으로 자르고 얇게 포를 뜬 다음, 꼬챙이에 끼워 불 위에 올렸다. 나머지 절반은 덩어리째 불 안에 넣었다.

페오는 고기 부스러기를 늑대에게 몰래 던져 주었다.

불 속에 넣은 고깃덩어리 때문에 불길이 곧 꺼질 것 같았다.

"다 된 것 같아. 날고기 같진 않은걸."

일리야가 말했다.

페오는 고기를 핥아 봤다. 겉 부분은 별로 맛이 좋지 않았다. 탄 맛이 났고 제거하지 못한 깃털이 붙어 있었다. 속살은 아무 맛이 안 났다. 페오와 일리야는 온기를 유지하려 나란히 붙어 앉았고, 알렉세이 혼자 불 건너편에 앉아 있었다. 한 입 먹을 때마다 오십 번 정도 씹어야 했다. 사십 번 정도 씹었을 때 턱이 빠질 것 같아서 페오는 씹던 고기를 눈 위에 뱉어 버렸다.

"우리가 좀 많이 익힌 것 같아."

불 위에 놓은 고기를 익히는 데는 시간이 더 오래 걸렸다. 다 익어 갈 때쯤엔 고기를 돌리던 팔이 아플 지경이었다. 페오는 고기를 꺼내 한 입 베어 물었다. 피가 살짝 흘러나왔지만, 맛은 기대 이상이었다. 비둘기 고기보다 더 맛있었다. 고기를 먹자 생기가 돌기 시작했다. 풍부하면서도 부드러운 맛이 감돌았고 육즙이 턱으로 흘러내렸다. 블랙이 자꾸만 고기를 낚아채려고 해서 팔로 막아야 했다. 소동을 피우던 블랙의 얼굴에 까마귀 깃털 하나가 살포시 내려앉았다.

🐾 🐾

알렉세이가 꺼져 가는 불씨를 눈으로 덮자, 화이트가 그 위에 오줌을 누었다.

아이들은 다시 길을 떠났다. 페오와 일리야는 손을 잡지는 않았지만, 어깨가 부딪칠 정도로 나란히 걸었다. 늑대들은 여전히 주변을 살피며 으르렁거렸다.

"일리야, 망토를 단단히 여며. 사람들에게 군복을 보이면 안 돼."

알렉세이가 말했다.

일리야는 어색하게 웃으며 고개를 끄덕이고 목이 파랗게 질릴 정도로 단단히 망토를 둘렀다.

페오는 킁킁거리며 공기의 냄새를 맡았다.

"냄새가 괜찮아. 맘에 들어."

"음식 냄새가 나. 나도 맘에 들어."

일리야가 말했다.

마을은 아주 작았다. 좁은 길을 따라 집이 줄지어 있었다. 마을 중앙에는 광장이 있었고, 그 가운데에 놓인 돌 구유에서 불을 피워 놓고 손을 녹이는 아이들 몇 명이 보였다. 조그만 집들에서 흰 연기가 모락모락 피어올랐다. 누군가가 눈을 쓸었는지 광장의 돌바닥이 드러나 보였다. 바닥에 노란색, 붉은색 페인트로 그려진 해 그림의 흔적이 있었다. 비록 붉은색이 분홍색으로 바랬지만, 햇빛처럼 찬란하게 빛나며 마을에 활기를 더해 주는 그림이었다.

"야냐가 그린 거야."

알렉세이가 돌바닥을 가리키며 말했다.

"내 사촌 누나야. 그리고리 삼촌이 그리게 시켰지."

멀리에서 머리에 스카프를 두르고 무언가를 가리키며 웃는 여자들의 모습이 보였다. 어깨에 두른 숄에 햇빛이 반사되어 빛나며 눈 위에 오색의 그림자를 드리웠다. 그 앞에 선 남자들은 문에 기대어 이야기를 하고 있었다.

남자들의 수염은 정말 대단했다. 페오는 이전에도 남자 어른을 만나 봤지만, 그런 수염을 기른 사람들은 처음이었다. 그들 중 가장 숱이 적은 사람도 수염 속에 쥐 몇 마리 정도는 숨길 수 있을 것 같았다. 가장 숱이 풍성한 사람은 수염이 허리춤까지 내려왔는데, 그 속에 고양이 두 마리는 거뜬히 감출 정도였다. 그들의 손은 거칠고 손톱은 뭉툭했다. 몇몇은 이가 빠진 상태였다. 하지만 페오는 이들이 지적으로 보인다고 생각했다. 수염을 걷으면 어떨지 모르겠지만 말이다.

알렉세이는 깃이 올라온 파란 재킷과 진흙 묻은 바지를 입은 남자에게 손을 흔들었다.

"그리고리 삼촌!"

남자가 다가왔다.

"알렉세이! 아직 살아 있구나! 다행이다. 걱정했어."

남자는 알렉세이 옆의 두 아이를 쳐다봤다. 얌전하면서도 용감해 보이는 아이들이라고 생각했다. 일리야가 발가락을 꼼지락거렸다.

"이 아이들은 누구냐?"

페오는 낯선 사람들과 말을 잘 못 하기 때문에 알렉세이가 대신 소개해 주었다.

"그리고리 삼촌, 도움이 필요해요. 라코프 장군이 우리를 쫓고 있어요."

"도대체 무슨 짓을 한 거니, 바보 같으니라고!"

"아직 아무것도 못 했어요. 잘 곳이 필요해요, 삼촌. 하룻밤만이라도 도와주시면 안 돼요?"

페오보다 키가 두 배 정도 크고, 덩치는 세 배 정도 큰 남자가 잠자코 있으니 침묵이 더욱 무겁게 느껴졌다. 페오는 남자를 바라보았다. 하지만 표정을 읽기는 어려웠다. 수염이 많기도 했지만 감정을 드러내는 눈썹이나 콧구멍, 입, 이마 같은 부분이 움직이지 않았기 때문이다.

잠시 후, 그리고리 아저씨가 입을 열었다. 하지만 희망적인 내용은 아니었다.

"너희 설마, 그 어린이 범죄자는 아니지? 라코프 장군의 눈을 멀게 한 어린 마녀 말이야."

"전 아니에요. 얘예요!"

일리야가 말했다.

페오는 일리야를 째려보며 입을 벙긋거렸다.

"정말 고맙다."

페오는 착하게 보이려고 무던히 애를 썼지만 뜻대로 될지는 알 수 없었다.

"너라고? 놀랍지 않구나. 얼굴만 봐도 신발 속에 칼을 가졌을 것 같아."

"저희에게 음식을 좀 나눠 주실 순 없을까요?"

페오가 작게 중얼거렸다. 그리고리 아저씨는 알렉세이를 보며 말했다.

"이것도 네 계획이냐?"

알렉세이가 환하게 웃었다.

"그럴 수도 있죠."

알렉세이는 삼촌의 팔을 잡았다.

"저 아이가 라코프 장군의 약점이에요! 그 사람이 두려워하는 애라고요. 저 애는 사람들이 라코프 장군에게 맞서 싸우도록 설득할 수 있을 거예요."

"저 아이가 그런 일을 할 수 있다고?"

그리고리 아저씨가 쓱 쳐다보자, 페오는 몸을 움츠렸다.

"저 집 보이지?"

그리고리 아저씨는 한 집을 가리켰다. 반쯤 떨어져 나간 문짝이 덜 렁거리는 집이었다.

"알렉산더의 집이야. 좋은 사람이었지. 하지만 지난주에 라코프 장 군이 알렉산더를 잡아갔어. 그 전에는 내 아들 폴을 잡아갔고. 잊었 니, 알렉세이? 상황을 더 나빠지게 할 순 없어. 절대로."

"제발요, 삼촌!"

특유의 해맑은 미소는 사그라들었지만, 알렉세이는 물러서지 않 았다.

"포기하지 마세요. 삼촌은 페오가 만난 몇 안 되는 어른이에요. 그 런데 삼촌 때문에 페오가 어른들을 영영 믿지 못하게 되면 어떡해 요? 그냥 이야기를 할 수 있게만 해 주시면 돼요. 나머지는 듣는 사 람들의 몫이니까요."

그리고리 아저씨는 차갑고 단호한 눈빛으로 말했다.

"네 어리석은 생각 때문에 여러 사람이 대가를 치르게 된다면, 그 건 더 이상 너 혼자만의 문제는 아니야."

그때 마을 남자들이 다가왔다. 머리가 희끗희끗하고 목소리가 좋은 남자가 앞으로 나섰다.

"이 아이가 그 아이요? 장군을 눈멀게 한 아이 말이요. 이 아이들의 이야기를 들어 보려고 왔소. 들어서 나쁠 건 없지. 알렉세이는 마법사가 아니라 그냥 아이일 뿐이잖소. 듣는 것만으로 우리 생각을 조종하진 못해요."

알렉세이는 주위에 얼마나 많은 사람들이 모여드는지, 그들의 눈빛이 얼마나 적대적인지, 그들의 수염이 얼마나 풍성한지, 하는 것 따위에는 관심이 없었다. 페오와 일리야는 알렉세이의 뒤에 숨었다. 수많은 눈이 그들을 쫓았다.

"니콜라이 아저씨, 감사합니다. 이야기를 들어 주셨으면 해요."

알렉세이가 말했다. 그러자 그리고리 아저씨가 대꾸했다.

"네 말은 더 이상 들어 줄 수가 없어. 요즘은 귀가 쉽게 피곤해진단 말이야."

"하지만 지금은 이전과 상황이 달라요! 라코프 장군은 제정신이 아니에요. 더는 장군으로서의 역할을 하지 않아요. 그 사람은 벌써 미쳤거나, 미쳐 가는 중이에요. 그러니까 지금이 기회예요!"

머리가 희끗한 남자가 길 건너편의 다른 사람들을 향해 외쳤다.

"회의를 소집하지. 이브게니! 알릭스!"

그리고리 아저씨는 한숨을 쉬며 말했다.

"그래요, 회의를 소집하죠. 그리고 너!"

아저씨는 알렉세이를 가리켰다.

"따라와. 다른 아이들은 안 돼. 내 말 잘 들어. 일단 두 아이들을 광장에 데려다줘. 만일 저 아이들이 마을에 피해를 준다면 너에게 책임을 묻겠어."

어른들이 목조 주택에서 나오기 시작했다. 어른들은 손을 바지에 문질러 닦고, 머리에 모자를 눌러쓰면서 걸음을 옮겼다. 아이들은 어른들 뒤를 따라나서며 페오와 알렉세이를 뚫어지게 쳐다보았다.

어른들은 지나가면서 페오의 붉은 망토와 눈이며 먼지가 묻은 치맛단을 훑어보았다. 페오는 사람들이 그 지저분한 옷을 마치 자신의 고향에서 유행하는 스타일인 것처럼 봐 줬으면 했다. 조금이라도 키가 커 보이도록 허리를 꼿꼿이 폈다.

"이리 와서 앉아."

일리야는 페오의 손을 잡고 광장 중앙의 떡갈나무 쪽으로 이끌었다. 떡갈나무 아래서, 두 아이는 차가워진 손을 호호 불었다.

마을 아이들이 일리야와 페오 주위로 모여들었다. 모두 깨끗한 모습이었고, 두꺼운 울 외투를 입고 있었다. 스무 명 정도 되는 아이들 중 가장 나이가 많은 아이는 페오보다 다섯 살 정도 많은 것 같았다. 가장 어려 보이는 아이는 머리가 곱슬했고 키는 페오의 허리 정도밖에 오지 않았다. 페오는 곱슬곱슬한 머리를 만져 보고 싶어져서 양손을 얼른 등 뒤에 숨겼다. 어린아이들은 늑대처럼 예측하기 어렵기 때문이다.

"너희는 누구야?"

누군가 물었다.

페오는 아이들의 얼굴을 차례로 살펴봤다. 우호적인 표정은 아니었지만, 적대적이지도 않았다. 대부분은 페오와 일리야를 조심스럽게 살피는 것 같았다.

"어른들이 회의를 소집한 이유가 너 때문이야?"

페오는 어깨를 으쓱하며 대답했다.

"그런 것 같아."

그러자 여덟 살 정도 되어 보이는, 앞니 두 개가 빠진 남자아이가 물었다.

"뭘 했는데? 누구를 죽였어?"

"아니!"

"뭘 훔쳤어?"

아이는 기대에 찬 눈으로 페오의 가방을 바라보았다.

"아니."

여자아이들 중 가장 나이가 많아 보이는 소녀가 페오를 빤히 쳐다보며 물었다.

"법을 어겼니?"

아니라고 외치려는 순간, 멍들고 부푼 얼굴로 화를 내는 라코프 장군이 떠올랐다. 페오는 어깨를 으쓱했다.

일리야가 말했다.

"우리는 그냥 상트페테르부르크에 대해서 좀 알고 싶을 뿐이야. 우리 모두 그냥 이곳을 지나가는 길이었어."

"우리 모두라니? 너희 말고 또 다른 사람이 있어?"

한 소년이 물었다. 페오는 일리야를 노려보며 말했다.

"아니, 얘가 잘못 말한 거야."

다른 소녀가 앞에 있던 눈을 발로 찼다. 눈이 페오와 일리야에게 튀었다.

"그래서 너희가 원하는 게 뭐야?"

"엄마를 찾을 거야. 잡혀갔거든."

"살인죄로?"

앞니 빠진 아이가 물었다. 기대하는 듯한 목소리였다.

"아니! 엄마는 살인을 하지 않았어. 엄마는 아무 잘못도 없다고!"

"하지만 그렇다고 해서 붙잡혀 가지 않는 건 아니야. 결백하다고 안전한 건 아니니까."

금발머리 소녀가 말했다. 페오는 고개를 끄덕였다.

"내 잘못이 전혀 없지는 않아. 그 남자가 우리 엄마를 잡아가려고 해서 조금 상처를 냈거든."

남자아이의 눈이 빛났다.

"그럼 누나가……?"

"아니야. 그런데 넌 이름이 뭐야?"

"세르게이. 얘는 내 동생 클라라야."

세르게이는 코를 흘리며 환하게 웃는 여자아이를 가리켰다. 다섯 살 정도 되어 보였다.

"있잖아, 세르게이. 내가 만일 누군가를 죽이게 된다면 꼭 너한테 알려 줄게. 어쨌든 그 사람은 나한테 엄청 화가 났어. 왜 그런지는 나도 잘 모르겠어. 어린 여자아이 때문에 다친 게 부끄러운가 봐."

그중 나이가 많은 소녀가 어깨를 쫙 펴며 말했다. 소녀는 키가 크고 팔다리가 튼튼했다.

"그런 생각을 하다니, 정말 어리석군."

페오는 수줍었지만 어색해 보이지 않으려고 활짝 웃었다. 나이가 많은 아이들과 있으면 언제나 쑥스러운 마음이 들었다. 애써 미소를 짓느라 콧구멍이 시큰거렸다.

페오보다 약간 어려 보이는 또 다른 소녀가 말을 이었다. 긴 눈을 가진 소녀였다.

"그런데 그 사람 이름이 뭐야? 언니의 엄마를 잡아간 사람 말이야."

"라코프. 미카일 라코프 장군."

순간 무거운 정적이 흘렀다. 아이들은 세르게이를 쳐다봤다가 나이가 많은 소녀를 보았다. 모두 입을 굳게 다물고, 주먹을 꼭 쥐었다.

"아."

세르게이는 감탄사를 내뱉었다. 하지만 눈빛은 어두웠다.

"우리도 아는 사람이잖아. 그렇지, 야나 누나?"

"그 사람이 우리 오빠 폴을 강제로 데려가려 했어. 오빠는 군대에 끌려가지 않으려고 도망쳤지."

나이가 가장 많은 소녀, 야나가 말했다.

세르게이의 얼굴이 일그러졌다. 세르게이는 눈이 가려운 척하면서 주먹으로 눈을 비볐다.

"어떻게 됐어?"

일리야가 담담한 목소리로 물었다. 무슨 일이 있었을지 짐작하는 듯한 목소리였다.

"죽었어. 라코프 장군이 총으로 쐈거든."

야나가 대답했다.

"뭐라고? 어떻게…… 어떻게 그럴 수 있지?"

"모르겠어. 그냥 그렇게 했어. 그리고 라코프 장군은 우리 사촌인 알렉세이도 데려가려고 했어."

"알렉세이, 나도 알아."

페오가 말했다.

"군인들이 알렉세이를 끌고 가려고 했고, 알렉세이는 그들과 맞서 싸웠어. 너도 봤겠지만 알렉세이는 엄청 빠르거든. 걔가 군인들의,

아니, 어쨌든 발로 찼어."

"거시기를 찼어. 정말로."

세르게이의 말에 야나가 고개를 끄덕였다.

"알렉세이는 누나와 함께 숨었어. 열 살 많은 누나 있잖아. 누나는 알렉세이를 지키려고 늑대에게 소리치기도 했어."

"그런데 라코프 장군이 왜 오빠를 쏜 거야? 무슨 잘못을 했는데?"

"아무 잘못도 안 했어. 아무도 죽이지 않았다고."

세르게이가 대답했다. 야나는 세르게이를 보며 끄덕거렸다.

"맞아. 오빠는 아무 짓도 안했어. 오빠는 키도 크고 친절한 사람이었어. 좀 게으르긴 했지만. 이렇게 마구잡이로 사람들을 해친다면 안전할 사람은 아무도 없어. 모두가 두려움에 떨게 되지. 라코프 장군은 이런 상황을 즐기는 것 같아."

야나는 결심한 듯한 표정으로 말을 이었다.

"네가 라코프 장군의 적이라면, 너는 내 친구야. 나보다 어리더라도 말이야. 먹을 것 좀 줄까?"

"응. 배가 너무 고파. 가방에 넣어 다닐 만한 간단한 음식이 있을까? 빵이나 치즈 같은."

몇몇 아이들이 고개를 끄덕였다. 한두 명은 미소를 띠었고, 나머지도 좀 더 친절해진 눈빛으로 페오와 일리야를 바라보았다.

"어른들이 어떻게 결정했을까? 알렉세이는 맞서 싸워야 한다고 생각해."

페오는 고개를 저으며 말했다.

"라코프 장군하고?"

"응. 사실 나와는 별 상관없어. 나는 내 일을 할 거니까."

"맞서 싸울 거니? 나는 싸울 거야."

야나가 물었다.

"모르겠어. 계획에 없던 일이거든. 하지만 알렉세이가 얘기한 것들이 있어서⋯⋯ 고민 중이야."

그때 새끼 늑대가 오줌을 눴다. 적절하지 않은 순간이었다. 늑대의 오줌에서는 지독한 냄새가 난다. 하필 그날따라 바람 한 점 불지 않는 맑은 날이어서 냄새가 더욱 지독했다. 모두가 동시에 코를 킁킁거렸다.

페오는 작게 한숨을 내쉬고 옷 속에 손을 넣어 작은 털북숭이를 꺼냈다. 새끼 늑대는 아직 오줌을 누는 중이었다.

"에고, 미리 신호를 줬어야지."

페오의 앞섶이 오줌으로 얼룩졌다.

"으⋯⋯."

아이들은 발레라도 하듯 두 발짝 물러났다.

"알았어, 아가야."

페오는 쪼그리고 앉아 새끼 늑대가 오줌을 눌 수 있게 앞으로 내밀

었다. 그리고 오줌을 다 누자 손으로 눈을 흩트렸다. 기분이 좋아진
새끼 늑대는 작게 하울링했다. 아주 가냘픈 소리였지만 영락없는 늑
대 소리였다.

아이들은 눈을 크게 뜨고 새끼 늑대를 쳐다봤다. 아이들의 눈빛이
갑자기 냉랭해진 것 같았다.

"그거 늑대야?"

"응. 하지만 아주 작은 늑대야."

아이들의 표정이 딱딱하게 굳었다. 페오는 머리카락으로 새끼 늑
대를 감싸고 품에 안았다.

"네가 그 늑대 소녀구나!"

등 뒤에서 누군가가 말했다.

"네 얘기를 들었어. 너한테 현상금이 걸렸어."

"뭐? 현상금이라고?"

페오는 침착하게 말하려고 노력하면서 눈으로는 바쁘게 도망칠 길
을 찾았다.

"큰돈이지. 사람들이 그러는데 널 믿으면 안 된대. 네가 마녀라고."

"누가 그랬는데?"

"어제 마을에 온 군인이 너를 조심하라고 했어. 널 보면 자기들한
테 넘겨야 한다고도 했고."

목구멍에서 쓴맛이 느껴졌다. 하지만 페오는 꾹 참고 천천히 일어

나며 말했다.

"더 가까이에서 말해 줄래?"

그때, 일리야가 페오 앞에 섰다. 페오가 깜짝 놀랄 정도로 화난 얼굴이었다.

"그래, 군인들이 페오를 찾고 있어. 그런데 얘만 잡으려는 건 아니야. 늑대들도 잡아서 죽이려고 해. 누구든 우리를 군대로 넘기는 사람은 살인자야."

일리야는 페오에게서 새끼 늑대를 데려가 앞으로 내밀며 말했다.

새끼 늑대는 어느새 많이 자라 있었다. 두 손으로 감싸도 다리와 꼬리가 삐져나올 정도였다.

클라라가 한숨을 쉬자 콧물 한 방울이 늑대의 얼굴로 떨어졌다. 늑대는 혀를 날름거렸다. 그 모습을 본 세르게이가 손뼉을 쳤다.

일리야는 아이들의 얼굴을 차례로 둘러보았다.

"정말 이 어린 생명을 죽이려는 사람들을 도울 생각이야?"

정적이 감돌았다. 잠시 후 야나가 말했다.

"새끼 늑대가 배고픈가 봐. 우유 좀 줄까? 내가 한 컵 가져다줄게."

일리야가 쳐다보자 페오는 고개를 끄덕였다. 일리야는 정중하게 말했다.

"그럼 정말 고마울 거야."

그때 새끼 늑대가 일리야의 손에서 빠져나와 눈 위로 폴짝 뛰어내렸다. 늑대라기보다 고양이 같은 모습이었다. 페오가 새끼 늑대를 잡으려고 몸을 굽히는 순간, 비명이 들렸다. 아이들은 소리가 난 쪽으로 달렸다. 뛰어가는 아이들의 망토 자락이 페오의 얼굴을 스쳤다.

"무슨 일이야?"

"무슨 일이 일어났나 봐."

일리야가 말했다. 곧 상황이 파악되자 나지막한 탄식을 내뱉었다.

"젠장."

길 끝에 세 마리의 말이 보였다. 그 위에 세 명의 남자가 올라타고 있었다. 말은 우뚝 서서 콧김을 뿜어 댔다.

페오는 새끼 늑대를 안고 황급히 나무 뒤에 숨었다. 그리고 아우성치는 늑대를 겨우 옷 속에 숨겼다. 겁에 질려 손에서 땀이 났다. 젖은 손으로 칼을 뽑다가 떨어트리고 말았다. 일리야는 도망치지도 못하고 눈을 휘둥그레 뜬 채 그 자리에 서 있었다.

"숨어!"

페오는 일리야의 다리를 붙잡아 나무 뒤로 질질 끌고 왔다.

남자들이 가까이 다가왔다. 가까워지자 비로소 모습을 분간할 수 있었다. 회색 군복을 입은 군인들은 아니었다. 낡은 갈색 망토를 두른 보통 사람들 같았다. 다 해져 끝이 벌어진 신발을 신고 있었다. 일리야는 안도의 한숨을 내쉬었다.

"징발자*들이야. 걱정 마, 군인이 아니야."

"징발자가 뭐야?"

페오는 여전히 나무 뒤에 숨어 있었다.

"군대가 고용한 사람들이야. 라코프 장군이 저 사람들을 시켜서 마을에서 음식이나 동물을 가져오게 했어."

"누구를 위해서?"

"군대를 위해서."

"그건 도둑질이야."

"뭐, 그렇게 말하지는 않지."

"당연히 도둑질이지! 그런데 저 사람들이 우리를 찾으러 온 걸까?"

"잘 모르겠어. 징발자들은 여러 마을을 돌아다니니까. 숫자가 많긴 하지만 중요한 사람들은 아니야. 어떤 사람들은 징발자들을 라코프 장군의 메뚜기 떼라고 불러. 너희 집에는 한 번도 온 적이 없어?"

"집 주변에 늘 늑대가 있으니까 무서워서 피했던 것 같아."

징발자들은 말을 타고 천천히 광장을 돌았다.

"사람들이 다 어디 갔지?"

한 징발자가 말했다.

집집마다 문이 닫히고 빗장 거는 소리가 났다.

그때 제일 큰 집에서 야나가 나왔다. 두 손에 우유가 가득 든 컵을

---

* 비상시 군사 작전에 필요한 물자, 시설 또는 인적 자원을 강제로 모으거나 거두는 사람.

들고 있었다. 페오는 나지막이 탄식을 내뱉었다. 야나는 징발자들을 보자마자 그 자리에 얼어붙었다.

"꼬마야, 아버지 어디 계시니?"

말에 탄 첫 번째 남자가 물었다. 어깨가 넓고, 눈썹 사이에 큰 점이 있었다.

"회, 회의에 가셨어요."

"사람들을 데려와라. 알았지?"

남자는 누런 이를 내보이고 음흉하게 웃으며 말을 이었다.

"마을 사람들에게 우리가 라코프 장군의 명령을 수행하러 왔다고 전해라. 마을마다 할당량이 있어. 너희 마을은 곡물 100킬로그램, 고기 20킬로그램이다. 물론 더 많이 내도 되고 말이야."

야나는 한 발짝 뒤로 물러나며 말했다.

"그렇게는 못해요."

야나는 주위를 두리번거렸다. 하지만 길가에 쥐 새끼 한 마리 보이지 않았다.

"우리도 굶어 죽게 생겼다고요. 게다가 어린아이들도 있단 말이에요."

"아주 진부한 변명이야."

그 옆의 남자가 날카로운 목소리로 말했다. 씹던 담배를 눈 위에 뱉자 김이 모락모락 피어났다.

176

"다들 그렇게 얘기하지. 하지만 굶어 죽은 사람은 없어. 너희도 어떻게든 살 수 있을 거야."

갑자기 한 남자가 코를 킁킁거렸다.

"무슨 냄새지?"

페오는 숨을 멈췄다. 새끼 늑대의 오줌으로 축축하게 젖은 앞섶을 황급히 감췄다. 야나의 얼굴이 백지장처럼 하얗게 질렸다.

"냄새라니요?"

"보르시치!* 보르시치 냄새군!"

남자가 말의 엉덩이를 찰싹 때리며 말했다. 깜짝 놀란 말이 히힝, 소리를 냈다.

"아, 그렇군."

그 옆의 남자가 콧구멍을 벌름거리며 말했다. 그리고 말에서 내려 야나를 밀치고 야나의 집 쪽으로 걸어갔다.

"수프를 전부 가져와. 감췄다가는 혼날 줄 알아. 그리고 보드카도 가져와."

"수프가 없으면요?"

야나의 목소리가 떨렸다.

"법대로 해야지. 요구한 것을 가져오지 않으면 나이가 찬 소년들을 데려간다. 그러니까 얼른 수프를 가져와. 그다음 어른들을 불러와."

---

* 러시아나 폴란드 사람들이 먹는 비트로 만든 수프.

페오의 심장이 분노로 마구 뛰었다. 페오는 일리야에게 속삭였다.

"좋은 생각이 있어. 일리야, 나 좀 도와줘."

"얼마든지."

하지만 페오의 계획을 들은 일리야는 정색했다.

"안 돼, 너무 위험해."

"다른 방법이 없잖아. 좋은 생각 있어?"

"아니. 하지만 그건……."

"여기서 기다려."

페오는 새끼 늑대를 일리야에게 맡기고 가까운 집으로 뛰어갔다. 창문 쪽에서 손짓하자 두 꼬마가 머리를 빼꼼 내밀었다.

"여기 조준을 잘하는 사람 있어?"

페오가 속삭였다.

"나랑 보그단."

세르게이는 열 살 정도 되어 보이는 남자아이를 가리켰다. 그다지 믿음직스러워 보이지는 않았다.

"그리고 야나도."

세르게이는 야나를 찾는 듯 두리번거렸다.

"여기 없네. 그 사람들이 야나를 데려가지는 않았지?"

"아니야. 그런데 네 도움이 필요해, 세르게이. 도와줄 수 있어?"

세르게이는 페오와 일리야, 그리고 새끼 늑대를 바라보았다.

"물론이지. 누굴 죽일 거야?"

"그런 셈이야. 나를 따라와."

페오가 앞장섰다. 아이들은 나무 뒤에 몸을 가리고 자세를 낮춘 채로 걸었다.

"눈덩이가 많이 필요해. 시간이 없어. 징발자들이 보드카를 마시고 있는데 얼마나 저러고 있을지 모르겠어."

페오는 눈을 뭉쳐서 멜론 정도의 크기로 만들기 시작했다.

"더 빨리 해야 해."

일리야도 어설프게 눈을 뭉쳤다.

어린 소년들이 빠르게 손을 움직였지만, 그래도 모자랐다. 페오는 속도를 높였다.

"맞아서 아플 정도로 만들어야 해. 단단하게 뭉쳐. 좋아, 그렇게."

페오는 뭉쳐진 눈덩이들을 망토에 모아 담았다.

"이쪽으로."

아이들은 징발자들이 있는 곳에서 제일 가까운 집으로 향했다. 회색 벽돌로 지은 작은 집이었다. 페오는 눈덩이를 들고 집 뒤에 몸을 숨겼다. 일리야는 걸으면서도 눈을 뭉쳤다. 그리고 숨을 고르며 순서를 되뇌었다. 페오와 눈이 마주쳤을 때 웃으려고 했지만, 긴장해서 그런지 어색하게 이만 내보였다. 어쨌든 일리야의 미소는 페오에게 용기를 주었다.

"내가 소리치면 저 사람들에게 눈덩이를 던져. 잊지 마. 눈이랑 입을 공격해. 특히 눈."

"그런데……."

세르게이가 말을 꺼내자, 일리야가 손가락을 입에 대고 조용히 하라는 신호를 보냈다.

페오는 손을 동그랗게 모아 입에 댔다. 그리고 숲을 향해 하울링하기 시작했다.

잠시 정적이 흘렀다. 곧 창문마다 아이들의 얼굴이 솟아올랐다.

페오는 다시 길게 하울링했다. 그러자 숲에서 대답이 들려왔다. 그레이의 허스키한 목소리가 먼저 들렸고, 이어 블랙의 우렁찬 소리가 뒤따랐다. 페오가 팔꿈치로 일리야를 쿡 찌르자, 일리야도 함께 하울링을 했다. 놀랍게도 매우 멋진 소리였다.

징발자들이 비틀거리며 걸어 나왔다. 가장 키가 큰 사람이 든 잔에서 술이 찰랑거렸다. 징발자들은 둔탁한 손으로 소총을 쥐고, 말을 향해 비틀거리며 달렸다.

"늑대다!"

한 사람이 고함을 치고는 당황해서 얼음판 위에 꽈당 넘어졌다.

페오는 양손에 눈덩이를 들고 다시 하울링했다. 징발자들은 허둥지둥 말 위에 올라탔다. 술기운 때문에 발이 계속 미끄러졌다.

그때, 숲에서 늑대 한 무리가 등장했다. 늑대들은 몸을 바짝 낮추고 털을 휘날리며 달려왔다. 역시 자신의 늑대들은 등장부터 남다르다고 페오는 생각했다.

"지금이야!"

페오가 소리쳤다. 징발자들이 소총을 조준하는 순간, 아이들이 눈덩이를 마구 던졌다. 세르게이와 보그단은 용감하게도 집 밖까지 나왔다. 세르게이는 마구잡이로 던졌지만, 보그단은 빠르고 정확하게 눈덩이를 명중시켰다.

"이놈들…… 악!"

한 남자가 소리를 질렀다.

"늑대다!"

한 징발자가 소총을 눈높이까지 들어 올렸을 때, 페오가 남자의 벌어진 입에 눈덩이를 던져 넣었다.

그때 회의실 문이 벌컥 열렸다. 그 순간, 총성이 울렸고 총알이 눈밭에 박혔다. 늑대들로부터 불과 몇 미터 떨어지지 않은 곳이었다.

"안 돼!"

페오의 심장이 덜컥 내려앉았다.

"눈에다 던져! 저 사람들이 총을 쏘지 못하게 해야 해!"

페오가 계속해서 눈덩이를 던졌고 징발자들은 끊임없이 날아드는 눈덩이에 맞아 정신을 차리지 못했다. 페오는 마지막으로 긴 하울링을 했다. 그러자 그레이가 이빨을 드러내며 말의 바로 옆으로 펄쩍 뛰었다. 그렇게 가까이 갈 거라고 생각하지 못했기 때문에 페오는 몹시 놀랐다.

"그레이, 안 돼! 물러서!"

페오의 외침이 닿기도 전에 말들이 겁에 질려 울부짖었다. 그리고 앞발을 휘저으며 큰길로 냅다 도망쳤다. 말에 걸린 빈 가방들이 덜렁덜렁했다. 징발자들은 말의 목에 간신히 매달린 채 정신없이 지평선 너머로 사라졌다.

11장 축제

네 시간 후, 페오는 광장에 피운 모닥불 옆에 앉아 있었다. 담요를 여덟 장이나 겹쳐 덮고 낯선 사람들의 키스 세례를 받으며 꼬챙이에 끼운 케밥을 먹었다. 육즙이 페오의 손목을 타고 흘러내리자 새끼 늑대가 소매 속으로 들어가려고 낑낑거렸다. 페오는 아직도 어질어질했다.

소식을 듣고 알렉세이가 달려왔다. 알렉세이는 둘러싼 어른들을 밀치고 들어와 페오를 중앙으로 끌고 갔다. 그리고 권투 시합의 승자라도 되는 듯이 페오의 손목을 붙잡고 손을 머리 위로 높이 올렸다.

"보셨나요?"

알렉세이는 어리둥절하게 서 있는 어른들을 향해 소리쳤다.

"이게 바로 진정한 용기예요. 그래서 라코프 장군이 이 아이를 두려워하는 거라고요."

페오는 재빨리 알렉세이의 손을 떼어 냈다. 그렇지만 어깨를 두드리고, 거친 뺨을 비비고, 손으로 만지며 껴안으려는 사람들은 피할 수 없었다. 어떤 여자들은 머리를 쓰다듬고 손에 따끈한 고기를 쥐어 주기도 했다.

하지만 늑대가 나타나자 사람들은 뒤로 물러섰다. 징발자들을 쫓아낼 때 몇몇 아이들이 부주의하게 늑대들에게도 돌멩이를 던지긴 했지만, 페오가 그들을 향해 다시 돌을 던져서 사고를 막을 수 있었다.

"제 친구들이에요. 물지는 않을 거예요."

절대로 물지 않을 거라고 강조하지는 않았다.

페오는 더 이상 사람들의 관심을 견딜 수 없었다. 손전등과 고기를 챙겨 늑대들을 데리고 나무 뒤로 숨었다. 적어도 고깃덩어리는 페오에게 키스 세례를 퍼붓지 않을 것이다. 하지만 나무 뒤편에는 이미 누군가가 있었다.

"야나, 미안해. 나는 그냥……."

페오가 말했다.

"숨으려던 거 알아."

야나는 늑대와 좀 떨어진 곳에 자리를 잡고 앉았다.

"춤이 시작되기 전에 도망쳐야겠다고 생각했어."

페오는 춤판이 벌어진 장면을 애써 머리에서 지워 내며 말했다. 고기를 한 입 베어 물고, 말을 계속했다.

"회의는 어떻게 됐대?"

야나가 어깨를 움츠렸다.

"아무 일도 없었어. 징발자들 때문에 회의가 중단됐잖아. 어른들은 내일 결정을 내린대. 아마 싸우지 않기로 결정할 거야. 늘 그래왔거든. 어른들은 항상 회의만 하지."

야나의 목소리에 분노가 서려 있었다. 연약해 보이는 야나에게 이렇게 당찬 면이 있다니, 놀라웠다.

"알렉세이가 사람들을 설득하려고 한 건 이번이 처음은 아니야. 알렉세이는 열세 살부터 줄곧 싸우자고 말했어. 그땐 라코프 장군이 이 정도로 악독하지도 않았는데 말이야. 사람들이 그러는데, 라코프 장군은 점점 미쳐 가고 있대. 너도 아니?"

"내 생각에 그 사람은 악 그 자체인 것 같아. 징발자들은 적어도 사람들을 해치지는 않잖아."

"맞아. 그냥 술을 달라고만 하지. 하지만 지금처럼 어른들이 가만히 있으면 결국 그들은 다시 돌아오게 될 거고, 남는 건 하나도 없을 거야."

야나는 모닥불 주위를 돌며 춤추는 어른들을 쳐다봤다.

"돌아온다고?"

야나는 고개를 끄덕였다. 무서울 정도로 무표정인 얼굴이었다.

"네가 한 일은 정말 멋졌어. 하지만 그 사람들은 다시 와. 넌 이곳사정을 잘 몰라, 페오. 라코프 장군의 사람들, 황제의 군대는 무언가를 얻으려고 또 올 거야. 얻어 갈 게 없으면 사람이라도 데려가려고 하지."

페오는 야나의 얼굴을 쳐다봤다. 목구멍이 뜨거워지는 것 같았다. 페오는 고개를 흔들며 감정을 추스르고 하얀 눈밭으로 시선을 돌렸다. 그리고 나뭇가지로 눈을 푹푹 찔렀다. 그러다 갑자기 번뜩이는 생각이 떠올랐다.

"여기! 이것 좀 봐."

페오는 눈에 찍힌 블랙의 발자국을 가리켰다.

"엄청 크다. 이 발에 한 대 맞으면 죽을 수도 있겠어."

야나가 말했다.

"바로 그거야! 이 발자국이 있으면 그 사람들이 다시 오지 못할 거야, 안 그래?"

"하지만 눈이 오면 발자국이 다 지워져 버릴 텐데? 오래가진 못 하겠다."

"아니야. 다시 만들면 되지."

"뭐?"

나무 뒤에서 이 둘을 엿보던 세르게이가 튀어나오며 소리쳤다.

"검정 늑대를 여기에 두고 갈 거야? 잘 됐다! 내가 잘 돌봐 줄게."

"아니!"

페오가 머리를 세차게 흔드는 바람에 먹던 고기에 머리카락이 달라붙었다.

"블랙이랑 나는 같이 갈 거야. 블랙을 두고 가는 건 내 손가락 하나를 두고 가는 거나 마찬가지라고."

세르게이가 뿌루퉁한 표정을 짓자 페오가 덧붙였다.

"그리고 내가 블랙을 두고 떠난다고 해도, 블랙은 이곳에 혼자 남아 있지 않을 거야. 내가 강요한다고 늑대들이 내 말을 듣지는 않거든."

"그러면 우리를 도와줄 수 없는 거네."

"아니, 도울 수 있어. 나한테 다 생각이 있어. 나무가 필요한데, 좀 갖다줄 수 있어? 그리고 도와줄 사람도 필요해. 블랙도 모델이 되어 줘야 하고."

나무를 깎는 데 생각만큼 시간이 많이 걸리지는 않았다. 일리야는 꼼꼼하고 조심스러웠고, 야나는 생각보다 손이 빨랐다. 아이들은 도끼로 나무를 자른 다음, 다시 식칼로 다듬었다. 한참 뒤, 톱밥 속에서 발 모양이 드러나기 시작했다.

때때로 세르게이가 칼에 베여 비명을 질렀다. 야나가 칼질을 그만두라고 하자 세르게이는 야나를 깨물려고 했다. 그래서 그냥 내버려둘 수밖에 없었다.

마침내 늑대의 발을 닮은 네 개의 나무 조각이 완성됐다. 페오는 나무 조각을 무릎에 올려놓고 거칠거칠한 가방 천으로 문질렀다.

"모서리를 뭉툭하게 할 거야. 늑대의 발은 둥그니까."

세르게이는 입을 벌리고 혀도 내민 채 집중해서 페오의 손을 쳐다봤다.

"됐다. 이제 끈이 필요한데, 가진 사람 있어?"

"여기서 끈은 무척 귀한 물건이야. 하지만 내가 구해 볼게."

야나가 말했다. 그리고 10분 쯤 후에, 근심 가득한 얼굴로 돌아왔다.

"빌려…… 왔어. 아빠의 부츠에서."

"고마워. 이제, 이것 봐!"

페오는 나무 조각의 발바닥 쪽이 아래를 향하게 놓고 그 위에 자신의 발을 올린 다음, 끈으로 묶었다. 그리고 나머지 두 개는 손에 묶었다. 나무 조각 네 개를 손발에 매단 페오는, 몇 걸음 걷다가 방향을 바꾸어 전속력으로 달렸다. 페오는 양발을 서로 붙이면서 뛰었다. 늑대들은 거의 일직선으로 걷기 때문이다.

"매일 이렇게 해. 그리고 블랙에게 영역 표시를 하라고 할게. 블랙은 서열이 높으니까, 다른 늑대들이 접근하지 않을 거야."

"영역을 표시한다고? 어떻게?"

"음…… 알잖아. 늑대들은 오줌으로 영역을 표시해."

"내 방에 오줌을 누지는 않으면 좋겠는데."

"아니, 나무에다가 하는 거야. 그리고 집 밖에다가도. 냄새가 나면 다른 늑대들이 오지 못해."

"'접근 금지' 표지판 같은 거네?"

"그래. 늑대들이 오줌을 누는 건 우리가 글을 쓰는 거랑 비슷해."

"아!"

"아주 오래된 방법이야. 그리고 내가 늑대들에게 가르친 유일한 것이기도 해. 그렇게 해 두면 다른 늑대들로부터 안전하게 집을 지킬 수 있어."

세르게이가 물었다.

"사람도 그렇게 할 수 있을까? 그러니까 내가 누나의 침대에 오줌을 누면 누나는 방에서 나가야 하는 거야?"

일리야는 코웃음을 쳤다. 페오가 말했다.

"아니. 내가 아주 어릴 때 해 봤어. 엄마한테 엄청 화가 났었거든. 아무튼 전혀 효과 없었지."

당시 엄마는 한숨을 짓다가 이내 웃음을 터트리며 페오를 양철 목욕통에 집어넣었다. 엄마를 생각하자 그리움이 복받쳤지만 애써 감정을 추슬렀다.

그때 나무 뒤에서 그리고리 아저씨가 불쑥 얼굴을 내밀었다.

"아, 여기 있었구나. 웃음소리를 들었어. 어서 모닥불로 와. 같이 춤 춰야지!"

회의장 주변에서 음악이 흘러나왔다.

"이건 언니와 오빠에게 고맙다는 인사를 하려고 연 축제야. 함께 춤추러 가자."

클라라는 모닥불을 가리키며 말했다. 모닥불 주위에서 어른들이 기다리고 있었다.

새로운 공포가 밀려들었다. 징발자들을 마주쳤을 때보다 더 최악이다.

"고마워. 하지만 나는 춤을 안 춰."

"그러지 말고 가자. 내가 추는 걸 봐."

세르게이가 엉덩이를 흔들고 팔을 휘저었다.

"울프 와일더들은 춤을 추지 않아."

페오는 클라라를 향해 코를 찡긋하며 웃어 보였다. 다른 사람들이 자신의 공포심을 알아차리지 않기를 바랄 뿐이었다. 페오는 춤을 싫어했다. 페오에게 춤이란 그저 보기만 해야 하는 것이었다.

"그래도 춰야 할걸. 그냥 춰 버리는 게 나아."

야나가 미안한 듯 멋쩍게 웃었다.

"아니야, 난 못 춰."

"출 수 있어! 춤추자, 늑대 누나!"

세르게이가 말했다.

사실 페오는 음악에 맞춰서 발을 움직이는 정도는 할 수 있었다.

누구나 그렇듯이 말이다. 엄마는 페오가 걷기 시작했을 때부터 춤을 가르쳐 주었다. 엄마는 모든 사람이 춤 한 가지는 출 줄 알아야 한다고 말했다.

여자들의 춤은 그리 어렵지 않다. 머리와 목을 꼿꼿하게 세우고 손을 예쁘게 움직이기만 하면 된다. 치마를 입었다면 붙잡고 흔들어도 좋다. 페오는 한숨을 쉬고는, 팔을 들어 망토를 흔들었다. 야나가 얌전히 박수를 쳐 주었다. 어른들은 만족스러운 듯 속닥거렸다.

그때 일리야가 페오 앞으로 다가와 까딱 인사했다. 소심하게 웃고 있었지만, 눈은 반짝거렸다.

"빨리 끝내 버리면 안 될까? 나는 춤을 잘 못 춰."

페오가 속삭였다. 얼굴이 홍당무처럼 새빨갰다.

"춤춰라!"

누군가 소리쳤다. 알렉세이 같았다. 페오는 사람들 사이를 노려보았다.

음악이 고조되자, 일리야가 폴짝 뛰었다. 일리야는 점프하고, 빙그르르 돌았다. 현란하게 발을 놀리자 사람들의 눈이 휘둥그레졌다. 주변의 공기가 일리야를 중심으로 움직이는 것 같았다. 일리야는 더 높이 뛰었다. 늑대들이 주위를 살피려고 다가오자, 일리야는 자세를 낮췄다가 다리를 앞뒤로 뻗으며 화이트의 등을 훌쩍 뛰어넘었다.

페오는 깜짝 놀랐고, 화이트는 영문을 몰라 코를 킁킁거렸다. 어른들은 웃었지만, 일리야는 무척 진지한 표정이었다.

페오는 고개를 숙이고 춤을 이어 나갔다. 두 번 폴짝 뛰고, 허리를 비틀었다. 바닥에 얼음이 얼었다는 걸 알아챈 일리야는 한쪽 다리를 허리 높이로 곧게 든 채로 얼음 위에서 피루엣*을 했다. 일리야가 빙글빙글 돌자 신발 아래에서 얼음 조각이 튀었다. 클라라는 일리야가 몇 바퀴를 도는지 세다가 열한 번이 넘어가자 셈을 멈추고 환호성을 질렀다. 일리야 주변에 점점 사람들이 모여들었다. 일리야는 고양이처럼 우아하게 점프해서 페오 앞에 착지했다. 그리고 카자흐스탄 사람처럼 앉아서 다리를 번갈아 차는 춤을 췄다.

춤추는 모습을 보니 그가 군인이었고, 가느다란 손목으로 불도 잘 피우지 못하던 어린 소년이었다는 사실이 믿기지 않았다. 일리야는 승리의 행진을 이끄는 사람처럼 열정적으로 춤을 췄다.

페오는 춤을 멈추고, 늑대들 옆에 앉았다. 그리고 한 팔을 블랙의 어깨에 두른 채 일리야를 지켜보았다. 아무도 페오를 쳐다보지 않았다. 늑대들조차 넋 놓고 일리야의 춤을 바라보는 것 같았다. 다시 눈이 내리기 시작했지만, 마을 사람들은 아랑곳하지 않고 조금씩 뒤로 물러나 일리야에게 더 큰 무대를 만들어 주었다. 일리야는 눈밭에 손을 짚었다가 공중제비를 돈 다음, 다시 발끝으로 땅을 디뎠다. 기우뚱거리지도 않았다. 일리야의 머리 위에 눈이 쌓였다. 바이올린

* 발레에서, 한 발을 축으로 팽이처럼 도는 춤 동작.

연주자는 템포를 더 높였다. 일리야는 뛰기도 하고 돌기도 하며 원을 그렸다. 눈과 땀이 얼굴에서 떨어졌다. 페오는 블랙을 꽉 껴안고 자랑스러워하는 표정을 들키지 않게 자신의 머리를 헝클어뜨렸다. 대신 손가락을 입에 대고 휘파람 소리를 냈다.

음악이 잔잔해지자 일리야는 춤을 멈추고 두 팔을 넓게 벌렸다. 주변이 조용해졌다. 일리야가 팔을 내리고 고개 숙여 인사했다. 얼굴이 귀까지 빨개졌다.

우레와 같은 함성이 터져 나왔다. 일리야는 예상치 못한 함성에 숨이 막혀 캑캑거리며 말했다.

"전에 말했지? 나는 한 번도 군인이 되기를 바란 적이 없었다고."

🐾 🐾

페오는 몇 시간 동안이나 계속 일리야와 함께 자리에서 떠나려 했다. 알렉세이는 페오와 일리야가 가져갈 수 있게 치즈, 말린 소시지, 견과류 따위를 챙겨 줬지만, 이 둘이 함께 살금살금 도망치려고 할 때면 붙잡아 또 다른 어른들 앞으로 데려갔다.

"보세요! 늑대 소녀예요!"

알렉세이는 페오를 소개하며 활짝 웃었다.

"라코프 장군을 스키로 공격한 아이라고요. 그리고리 삼촌, 삼촌은 설마 이 어린 소녀보다 용기 없는 어른은 아니죠?"

한밤중이 되어서야 페오는 일리야를 만날 수 있었다. 왠지 두려움이 밀려왔다.

"잠을 자 둬야 해."

일리야는 세르게이의 집 마루에 짚을 채운 포대를 평평하게 깔아 잠자리를 마련했다. 꽤 편안해 보였다.

"지금은 밖이 어두우니까, 내일을 기다리자."

"안 돼, 일리야. 우리는 지금 떠나야 해. 벌써 일요일이야. 도시에 가는 데는 하루가 넘게 걸려. 게다가 도시 안으로 들어갈 방법도 찾아야 하고, 엄마를 구해 낼 방법도 생각해야 해."

"대여섯 시간쯤 늦는 건 괜찮아."

"그렇지 않아, 일리야."

페오의 목소리가 날카로워졌다.

곧 일리야의 코 고는 소리가 들렸다. 페오는 일리야를 흔들었다. 하지만 일리야는 눈을 꼭 감은 채로 더 크게 코를 골았다.

창문 밖에서는 아직도 모닥불이 타고 있었고, 웃음소리가 커졌다. 남자들은 주먹으로 가슴을 탕탕 쳤고, 여자들은 눈 위에서 춤을 췄다. 페오는 가슴이 꽉 막히는 것 같았다. 살면서 낯선 사람들을 이렇게 많이 만난 적은 없었다.

알렉세이는 클라라를 어깨에 메고 뛰다가 눈 위에서 넘어질 뻔했다. 세르게이는 알렉세이의 망토를 잡으려고 손을 뻗으며 뒤를 쫓다가 빙판 위에서 미끄러졌다. 아이들이 미친 듯이 웃으며 소리 질렀다.

페오는 잠시 아이들과 함께할까 고민했지만 다시 벽에 기대어 앉았다. 지금은 놀 때가 아니다. 저들은 낯선 아이들이다. 심지어 일리야도 낯선 사람이다. 페오는 마음 깊은 곳에서 솟아오르는 두려움을 물리치려고 애썼다. 배가 아플 정도로 공포가 극심했다. 바깥의 눈은 녹고 밟혀서 평평해졌다. 그래서 아무 소리를 내지 않는다. 고요한 눈이다. 이런 생각을 하니 가만히 앉아 있기 더 힘들어졌다.

페오는 뛰어가는 알렉세이의 코트를 붙잡았다.

"어이, 늑대 소녀!"

알렉세이는 발을 모으고 까불거리며 인사했다.

"나 좀 도와줘."

"물론이지."

"문에 대해서 말해 준다고 했잖아."

"문이라…… 도시로 가는 문? 아니면 천국으로 가는 문? 정확히 말해 줘."

알렉세이는 몹시 들떠 있었다.

"알렉세이."

"미안, 미안. 하지만 재미있었잖아?"

"도시를 둘러싼 성문 말이야. 제발, 장난치지 마."

"음, 군인들이 지키고 있어. 전에는 아무도 지키지 않았는데, 라코프 장군이 그 일을 겪고 나서 상트페테르부르크 군대에 경비를 요청했어. 너를 찾으라고 명령한 것 같아. 모든 통행자의 서류를 확인한대. 너랑 비슷하게 생긴 사람이면 무조건 검문을 받아야 할걸. 그 사람들도 안됐지."

"그러면 어떻게 들어가지?"

"나도 몰라."

페오는 알렉세이를 노려보며 소리쳤다.

"안다고 했잖아!"

"그렇게 말한 적 없어. 아는 걸 말해 준다고 했지. 내가 아는 건 이게 다야."

페오는 아무 말 없이 뒤돌아 갔다. 노려보지도 않았다. 노려봐서 해결될 일이 아니다.

"페오, 기다려!"

알렉세이는 진지한 목소리로 말했다.

"미안해. 여기서 말을 타고 하루 종일 가면 성이 하나 나와. 혹시 또 폭풍우가 닥치면 그곳으로 피하면 돼. 거기서 성문까지는 걸어서 네 시간, 말을 타면 두 시간밖에 걸리지 않아. 내일까지는 성에 도착할 수 있을 거야. 마을 사람들에게 함께 가 달라고 부탁하자. 그 성은 하룻밤을 지내기에도 좋아. 이곳에서 북서쪽 방향으로 가다 보면 커다란 소나무 한 그루가 나와. 성은 그 나무의 왼편에 있어. 아무도 살지 않는 곳이야. 5년 전에 화재가 났거든. 너도 알다시피 황제와 귀족들은 불탄 집에서 사는 게 불길한 일이라고 생각해. 그런데도 군대는 이곳저곳에 불을 지르고 다녀. 참 모순적이지?"

클라라가 달려왔다. 알렉세이는 클라라를 안아 올렸다.

"양고기 케밥을 좀 먹을래?"

알렉세이는 페오에게 묻고는 대답을 듣기도 전에 칭얼대는 아이를 안고 어둠 속으로 사라졌다.

페오는 주위를 둘러보았다. 입안이 바짝바짝 말랐다. 어른들은 신이 나서 노래를 부르고 춤을 추고 있었다.

페오는 생각했다.

'이곳에 오지 말았어야 했어.'

페오는 집 안으로 들어갔다. 새끼 늑대의 오줌이 묻은 옷을 벗고 깨끗한 야나의 셔츠로 갈아입었다.

생각이 꼬리를 물었다.

'일리야는 나를 돕지 않을 거야.'

페오는 일리야의 가방을 쏟아 랜턴과 나침판을 만들 그릇을 챙겼다.

'일리야에게 우리 엄마는 그리 중요하지 않으니까. 그리고 알렉세이는 혁명만을 생각해. 알렉세이가 나를 돕지 않는데, 내가 왜 알렉세

이를 도와야 하지?'

페오는 불 옆에서 곤히 자는 새끼 늑대를 새로 갈아입은 옷 속에 넣었다. 늑대는 버둥거렸지만, 다행히 아무 소리도 내지 않았다.

'혼자서 엄마를 찾아야 해. 어쨌든 나 혼자서 하는 게 훨씬 나을 거야. 혼자서 하는 건 익숙하니까.'

페오의 늑대들은 집 밖에서 주위를 경계하며 서 있었다. 큰 늑대들도 소리 없이 페오를 따라 집을 나섰다. 페오와 늑대들은 커다란 떡갈나무를 지나 밤새도록 북쪽으로 향했다.

🐾 🐾

한 시간 동안 나무가 듬성듬성 있는 숲을 걸었다. 낯선 소리가 들릴 때마다 페오의 손에 들린 랜턴이 흔들렸다.

늑대가 으르렁거렸다.

"뭐야?"

페오가 나직이 속삭였다.

하지만 무슨 소리인지 알 수 없었다. 말이 우는 소리 같기도 하고 사람의 기침 소리처럼 들리기도 했다. 랜턴을 들어 주위를 살폈지만, 나무밖에 보이지 않았다. 페오는 침 묻힌 손가락으로 랜턴의 심지를 비벼 껐다.

"지나가는 여행객일 거야."

페오가 블랙에게 속삭였다. 순간 희망적인 생각이 떠올랐다.

"아니면 일리야가 따라오는 소리일 수도 있어."

하지만 겁이 나서 소리 내어 부르지는 않았다.

페오 옆에 있던 화이트가 코를 킁킁거렸다. 무슨 냄새를 맡은 것 같았다.

"쉿, 조용히."

페오는 눈 위에 무릎을 꿇고 앉아 머리를 쓰다듬으며 화이트를 진정시켰다.

"우리는 싸우러 온 게 아니야. 지금은 하울링하지 말아 줘."

부탁은 소용없었다. 늑대들에게 조용히 하는 법을 가르친 적이 없기 때문이다. 화이트는 달을 쳐다보며 길게 하울링했다.

왼쪽에서 사람 소리가 들렸다. 눈 덮인 나뭇가지가 흔들렸다.

페오는 공포로 온몸이 굳어졌다. 주위를 둘러보았다. 몸을 숨길 만한 나무는 저 멀리 떨어져 있었다. 페오는 몸을 숙이고 세 마리의 늑대를 잡아당겼다.

"빨리!"

나무가 울창한 곳으로 가자 달빛이 가려져 더 움직이기 힘들었다. 바닥에는 떨어진 나뭇가지와 구불구불한 나무뿌리들이 뒤엉켜 있었다. 덩치가 큰 블랙 때문에 시간이 걸렸다. 빽빽한 덤불 사이로 빠져

나가기 어려웠기 때문이다.

"이제는 약간 서쪽으로 가자. 이렇게 가면 금방 도착할 수 있을 거야."

페오는 팔을 뻗어 나무를 더듬으며 조심조심 나아갔다.

"곧 버드나무 같은 숨을 만한 큰 나무를 찾을 수 있을 거야."

그때 그레이가 방향을 바꿔 달리기 시작했다. 그레이는 고개를 숙인 채 지금껏 왔던 길로 되돌아갔다.

"그레이! 돌아와!"

페오가 낮은 목소리로 그레이를 불렀다. 하지만 나머지 두 마리의 늑대도 쿵쿵거리더니 페오를 밀치고 그레이를 따라갔다.

"화이트! 블랙! 제발!"

페오는 입술에 붙은 서리를 손등으로 문질러 닦고 주위를 둘러보았다. 그리고 옷 속에서 새끼 늑대를 꺼내 쓰다듬었다. 새끼 늑대보다는 스스로를 진정시키려는 것 같았다. 순간 발밑에서 무언가 바스락거리는 소리가 들렸다. 페오는 펄쩍 뛰어올랐고, 무심결에 새끼 늑대를 꽉 쥐었다. 늑대는 버둥거리며 날카로운 소리를 냈다.

무언가 또 바스락거렸다.

"블랙? 그레이?"

페오는 고개를 돌려 양옆을 살펴보았다. 그림자가 움직였다.

"화이트니?"

아무런 소리도, 냄새도 없었다. 공포가 온몸을 사로잡았다. 낮은 숨소리가 들렸다. 사람일까, 늑대일까? 페오는 칼을 뽑아 들고 나무에 등을 붙이고 섰다.

그때, 젊은 군인이 덤불을 헤치며 나타났다. 한 손에는 랜턴을, 다른 손에는 총을 들고 있었다. 페오가 비명을 지르기도 전에 군인이 페오를 붙잡아 입을 틀어막았다.

나무 사이에서 말을 탄 라코프 장군이 나타났다. 다른 군인이 앞에서 말을 이끌고 있었다.

"멈춰! 페오 페트로브나."

라코프 장군의 목소리가 차가운 밤공기를 갈랐다.

페오는 군인을 발로 차며 빠져나오려고 버둥거렸다.

"징발자들이 너를 봤다고 하더군. 설마 그렇게 바보 같은 일을 벌일 거라고는 생각도 못했는데, 정말 너였군."

페오가 손을 물려고 하자 군인이 뺨을 때렸다.

"도와주세요!"

도와줄 사람은 없었다. 울창한 나무 사이로 페오의 목소리만 울려 퍼졌다.

페오는 발로 군인의 발등을 콱 밟았다. 그리고 자유로워진 한 손으로 칼을 집어 던졌다. 칼은 다른 군인의 어깨에 스쳐 상처를 냈다. 그 군인은 욕설을 내뱉으며 총을 장전했다. 라코프 장군은 말 위에서 꼼짝도 하지 않았다. 등불에 미소 짓는 라코프 장군의 얼굴이 희미하게 비쳤다.

그때, 숲속에서 그레이가 달려 나왔다. 그레이는 페오가 아는 어떤 생명체보다 빠르게 달려왔다.

군인이 페오의 머리에 총을 겨눴지만, 늑대가 빨랐다. 그레이는 군인을 덮치고 팔을 물었다. 군인은 비명을 지르며 도망갔고, 라코프 장군의 말은 허우적대며 뒷걸음질 쳤다.

페오는 크게 소리치며 자신을 붙잡은 군인을 발로 찼다. 그레이는 몸을 세워 그의 어깨를 물어뜯었다. 군인은 술에 취한 사람처럼 마구 소리를 질렀다. 그리고 피를 흘리며 자신을 물어뜯은 늑대를 쳐다봤다. 그의 얼굴은 분노와 고통으로 일그러져 있었다.

페오는 다리가 풀렸지만 어둠 속에서 간신히 새끼 늑대를 안고, 주위를 살피며 달렸다. 끔찍한 비명과 으르렁대는 소리가 들렸지만 애써 무시하며 줄기를 밟고 재빨리 나무 위로 기어 올라갔다. 가장 아래의 나뭇가지에 오르자, 넘어지고 구르며 쫓아오는 군인이 보였다.

얼굴에 뾰족한 솔잎이 닿아 따끔거렸다. 심장이 두근거려 망토가 들썩일 지경이었다.

그 순간, 총성이 울렸다.

"안 돼!"

페오는 소리 없는 비명을 질렀다.

분노에 찬 으르렁 소리가 들렸다. 곧 블랙이 어둠 속에서 몸을 드러냈고, 그 뒤를 화이트가 따랐다. 두 늑대는 곧장 라코프 장군의 발치로 향했다. 말은 울부짖었고, 라코프 장군은 늑대를 피하려고 몸을 뒤틀었다. 총이 눈 위로 떨어졌다. 말은 앞발을 높이 들어올렸다가 나무 사이로 질주했다. 뛰어가면서 나뭇가지에 마구 부딪치며 공포에 질린 울음소리를 냈다. 라코프 장군은 떨어지지 않으려고 말의 등 위에 엎드려 몸을 바짝 붙였다.

페오는 화이트와 블랙이 라코프 장군을 쫓아가서 그를 죽여 버리기를 바랐다. 하지만 늑대 두 마리는 그 자리에 서 있었다. 늑대들은 쓰러진 그레이를 코로 툭툭 건드렸다.

페오는 늑대들이 무엇을 하려는지 알 수 없었다. 자세히 보니 늑대들은 그레이 옆구리의 상처를 핥고 있었다. 페오는 큰 소리로 목 놓아 울었다. 나뭇가지가 흔들리면서 페오의 얼굴 위로 눈이 떨어졌다. 그레이는 움직이지 않았다.

"안 돼!"

페오는 눈이 높이 쌓인 땅 위로 뛰어내렸다.

"내가 갈게!"

눈 아래 묻힌 나무뿌리에 걸려 넘어졌지만 벌떡 일어나 달렸다. 늑대들이 보이자 비틀거리며 멈춰 섰다. 페오는 얼굴을 가렸다. 엄마가 가장 좋아했던 늑대가 누워 있었다. 몸 아래에 권총이 놓여 있었고,

숨을 쉴 때마다 피가 흘러나왔다.

"어디를 다친 거야?"

페오가 쪼그리고 앉아서 그레이의 주둥이에 손을 올렸다. 피가 흰 눈을 적셨다. 페오는 울면서 되뇌었다.

"안 돼, 안 돼, 안 돼, 안 돼!"

그레이가 눈을 가늘게 뜨고 페오의 얼굴을 쳐다보았다. 그리고 다시 눈을 감았다.

"미안해. 나는 그냥…… 내가 무슨 짓을 한 거지?"

페오는 불 옆에서 자던 일리야와 알렉세이의 도끼와 거대한 모닥불을 생각했다. 새끼 늑대가 다가와 페오의 손에 코를 비볐다. 페오는 새끼 늑대를 옆으로 밀어 놓았다.

"내가, 내가 붕대를 감아 줄게. 화이트에게 했던 것처럼. 이번엔 더 잘할 수 있어."

페오는 망토 끝자락을 자르기 시작했다.

"그레이, 엄마를 생각해, 알았지? 우리가 엄마를 찾으면 얼마나 기쁠지 생각해."

눈물 때문에 눈앞이 흐려지고, 속이 울렁거렸다. 손이 떨려 망토가 잘 잘리지 않았다.

"제발, 제발. 가지 마."

페오는 그레이의 귓가에 속삭였다.

그레이의 숨소리가 더 커졌다. 거칠고 둔탁한 소리였다.

"이게 도움이 될 거야."

애써 목소리를 가다듬으며 말했다.

페오는 붕대로 그레이의 옆구리를 감으려 했지만 너무 어둡고 추웠다. 겨울밤이 이렇게 추운지 미처 몰랐다. 그레이는 붕대를 거부하면서 몸을 떨었다. 늑대가 몸을 떠는 모습을 본 건 처음이었다.

페오는 망토를 벗어 그레이에게 덮어 주었다.

그레이는 고통스러운 듯 낮게 으르렁거렸다. 그레이가 고통스러워하는 모습을 보자 페오는 숨 쉬기 어려울 정도로 마음이 아팠다.

페오는 그레이 옆에 앉았다. 그레이는 가늘게 숨을 이어 나갔다. 그러더니 주둥이를 페오의 턱 밑에 댔다. 페오는 자신의 코를 그레이의 코와 맞대고, 울지 않으려 입술을 꽉 다물었다. 그리고 그레이의 머리에 키스했다. 그레이는 페오가 아는 늑대들 중 가장 자신만만하고 위풍당당한 늑대였다.

슬픔이 복받쳤지만, 페오는 자기 때문에 그레이의 몸이 흔들리지 않도록 울음을 삼켰다. 블랙은 페오 옆에 다가와 조용히 숨 쉬었다. 화이트는 주위를 살폈다.

페오는 동이 틀 때까지 그레이 옆에 앉아 있었다. 추위 때문에 감각이 마비되고, 온몸이 부들부들 떨렸지만 주먹을 꼭 쥐고 참았다.

새벽이 오자 그레이는 몸을 일으켰다. 그리고 아주 천천히 움직였다.

"제발 가지 마. 엄마를 찾을 때까지만 기다려 줘. 엄마는 어떻게 하면 되는지 아실 거야."

그레이는 헐떡거리며 숨을 내쉬었다. 페오는 숨을 들이마셨다.

"죽지 않을 거야. 사랑해. 죽을 만큼 사랑해."

페오는 그레이가 따뜻한 공기를 마실 수 있게 코에 입김을 불어 넣어 주었다. 눈물을 흘리지 않으려고 두 눈을 질끈 감았다. 그레이는 비가 오는 것을 좋아하지 않았으니까. 그레이는 오직 눈만 좋아했다.

해가 떠오르고 숲이 붉게 물들었다. 빛이 와 닿자 그레이는 뒷다리를 바들바들 떨며 몸을 일으켰다.

"그레이!"

페오의 가슴속에서 뜨거운 희망이 솟아올랐다.

"좀 괜찮아?"

하지만 그레이의 걸음걸이는 불규칙했다. 그레이는 숲의 가장자리를 서성거리다가 다시 주저앉았다. 거대한 발과 곧은 주둥이를 북쪽으로 뻗었지만 몸을 일으키려다가 다시 쓰러져 버렸다. 그리고 다시 일어나지 못했다.

페오는 머리카락을 입에 물고 바닥에 엎드려 엉엉 울었다.

새끼 늑대가 따뜻한 곳으로 들어가려고 꿈틀대며 울었다. 페오는 새끼를 향해 팔을 뻗으려 했지만 몸이 말을 듣지 않았다. 절망감과

죄책감으로 인해 꼼짝도 할 수 없었다.

새끼 늑대는 발을 헛딛고 그레이 쪽으로 굴렀다. 그리고 그레이의 옆구리로 기어 올라가 털에 자기 주둥이를 비벼 댔다. 잠시 후, 새끼 늑대는 무언가 이상하다는 것을 알아차린 듯 킁킁거리며 피 냄새를 맡더니, 작지만 날카로운 목소리로 으르렁거렸다. 그리고 고개를 들어 하울링했다.

페오는 두 손이 덜덜 떨려서 장갑조차 제대로 낄 수 없었다. 새끼 늑대는 가늘고 높은 소리로 첫 하울링을 했다. 페오는 귀를 틀어막거나 소리를 지르고 싶었지만, 아무것도 할 수 없었다.

"그레이, 미안해. 내가 라코프 장군을 죽여 버릴게."

페오는 눈물을 삼키며 다짐했다. 그리고 바닥에 무릎을 대고 천천히 일어났다. 나무 사이로 부는 바람이 스산한 소리를 냈다.

그때 블랙과 화이트가 하울링을 했다. 긴 하울링 소리에 나무 위에서 고드름이 떨어졌다. 거칠고 둔탁한 소리에 소중한 것을 영원히 잃어버린 슬픔이 서려 있었다. 페오는 블랙의 가슴에 머리를 기대고 앉았다. 기진맥진한 상태였다. 그리고 세상이 무너진 것처럼 구슬피 울었다.

엄마는 늘 러시아인이 얼마나 훌륭하게 죽음을 받아들이는지 이야기하곤 했다. 상처를 치료하고, 시신을 묻는다. 한바탕 울고, 노래하고, 음식을 만든다. 이런 일들은 자기 자신이 아닌, 남겨진 다른 사람들을 위해 하는 것이라고 했다.

하지만 두 마리의 어른 늑대와 콧물을 흘리며 떨고 있는 한 마리의 새끼 늑대에게 요리를 해 줄 수는 없었다. 페오는 대신 말린 엘크 고기를 꺼내 나눠 주었다. 그리고 눈을 조금 퍼서 먹고 얼굴을 닦았다.

페오는 장갑을 끼고 땅을 파기 시작했다. 눈을 파는 건 어렵지 않았지만, 온몸이 두드려 맞은 것처럼 아팠고, 감각을 잃은 팔은 뜻대로 움직이지 않았다. 이렇게 끔찍한 상황에서 엄마라면 어떤 말을 했을까, 하는 생각이 떠나지 않았다.

곧 바닥이 드러났다. 얼어붙은 땅은 바위보다 단단했다. 페오는 잠시 얼굴에 묻은 땀과 눈, 흙을 닦았다. 시종일관 페오의 옆을 지키던 화이트는 페오의 행동을 이해한 듯 페오 옆에서 발톱으로 땅을 긁어 댔다. 블랙도 다가왔다. 처음에는 각자 땅을 파서 두 개의 구멍이 생겼다. 페오는 자신이 무엇을 하려는지 늑대들에게 설명할 수 없었다. 그래서 조심스럽게 블랙을 툭 건드린 다음 구멍 사이에 있는 땅을 쿵쿵 쳐서 무너트렸다.

페오는 하던 일을 잠시 멈추고 눈을 녹여 새끼 늑대에게 먹였다. 그 어느 때보다도 늙고 지친 기분이었다. 페오는 이를 악물고 반드시 라코프 장군을 죽여 버리겠다고 다짐했다.

페오는 그레이의 이름을 나무에 새기고, 그 아래에 라코프라는 이름을 적었다. 군인들이 이곳으로 돌아올지도 모른다는 생각이 들었기 때문이다. 제일 밑에는 이렇게 썼다.

'우리가 간다.'

그레이의 시신은 생각보다 훨씬 무거웠다. 그레이의 몸을 구덩이 쪽으로 질질 끌었는데 팔에 더 이상 힘이 들어가지 않았다. 결국 안간힘을 써서 겨우 그레이를 무덤 속으로 밀어 넣을 수 있었다. 그리고 파낸 흙을 다시 덮어 주었다. 늑대들은 페오를 가만히 지켜보았다. 페오는 얼어붙은 발로 흙을 단단하게 다진 다음, 그 위에 눈을 덮었다.

무덤을 덮은 눈에 흙이 섞여 너무 눈에 띄었다. 페오는 피 냄새를 맡은 여우들이 그레이를 찾아낼까 봐 걱정이 됐다. 그래서 냄새가 사라질 때까지 오랫동안 무덤 위에 앉아 새끼 늑대의 털을 쓰다듬으며, 앞뒤로 몸을 흔들었다. 새끼 늑대는 페오의 무릎 위에서 작게 울어 댔다. 페오는 작은 생명을 위해 엄마가 들려주던 자장가를 불렀다.

블랙과 화이트는 페오 옆에서 미동도 없이 앉아 있었다. 늑대들의 온기에 둘러싸인 페오는 문득 생각했다. 이 세상에는 돈으로 살 수 없고, 직접 쟁취해야만 하는 것들이 있다. 페오가 아는 한 가장 용감한 생명체인 그레이는 비록 죽었지만 그 죽음을 헛되게 하지 않을 것이다.

12장 불탄 성

페오는 블랙을 타고 몇 시간이나 달린 끝에 알렉세이가 말한 성에 다다랐다. 성이라기보다는 유령의 집 같은 곳이었다.

성문은 어른 남자 키의 두 배 정도로 컸고, 검정색과 금색으로 빛났다. 곳곳에 천사와 독수리 장식이 보였다. 성은 광활한 평야에 홀로 솟은 언덕 위에 있었다. 그 모습이 어쩐지 강렬한 느낌을 주었다.

"건물 따위에 겁먹지 않을 거야."

페오는 눈이 얼마나 쌓였는지 가늠해 보려고 철창 사이로 나뭇가지를 찔러 넣었다. 허리 높이 정도 되는 것 같았다.

"겨우내 눈이 쌓였구나."

눈길에는 새의 발자국 말고 어떤 사람의 흔적도 보이지 않았다.

문에 쌓인 눈을 털어 내자 잔뜩 녹이 슨 문고리가 드러났다.

"어떻게 생각해? 안전할까?"

페오가 블랙에게 물었다.

바람 한 점 불지 않는 날이었다. 페오는 머리에 쌓인 눈을 털어 냈다. 어떤 소리도 들리지 않았다. 눈 위에 그들이 걸어온 발자국만 남아 있을 뿐이었다.

늘대들은 철창 사이를 미끄러지듯 들어갔다. 페오는 새끼 늘대를 블랙의 등에 올려 주었다.

"블랙, 아무 데나 가지 마, 제발."

그리고 새끼 늘대에게 말했다.

"블랙 머리에 쉬하면 안 돼."

손은 자유로워졌지만 온몸이 뻐근했다. 결국 철창을 타고 올라가다가 떨어지고 말았다. 쌓인 눈 덕분에 다치지는 않았지만, 찬 눈을 많이 먹었다. 몸이 뜻대로 움직이지 않았고, 피로감이 몰려왔다. 안전하게 잘 만한 공간이 있으면 좋겠다고 생각했다. 숨을 고르고, 계획을 짜고, 다시 길을 떠날 수 있을 만큼 충분한 휴식이 필요했다.

알렉세이의 말처럼, 화재는 오래전에 난 것 같았다. 동물 모양으로 다듬었던 것으로 보이는 나무들은 이제 형태를 알아볼 수도 없게 제멋대로 자라고 있었다. 그 위에 서리가 두텁게 내려앉았다. 눈이 오기 전에 떨어졌을 낙엽도 그대로 쌓여 있었다. 페오는 성벽으로 다가가 냄새를 맡아 보았다. 희미하게 탄 냄새가 났다. 기다란 성의 양 끝에는 작은 발코니를 가진 탑이 솟아 있었다. 두 탑 모두 조금씩 부서진 상태였고, 발코니에는 고드름이 매달려 있었다. 황갈색과 회색 돌로 쌓은 성벽 군데군데 그을음이 보였다. 문의 양쪽에 세워진 기둥에도 검게 그을린 자국이 있었다.

페오는 끽끽거리며 자꾸만 블랙의 눈을 가리는 새끼 늑대를 들어 자기 어깨에 올렸다.

"이렇게 있자."

눈 더미를 헤치며 부서진 창문을 찾았지만 찾지 못했다. 결국 그릇으로 내리쳐 창문을 부수고 들어갔다. 블랙이 그 뒤를 따랐다. 성 안은 천장이 높았다. 역시 군데군데 불에 탄 흔적이 있었다. 천장에 매달린 그을린 체인이 보였고, 샹들리에는 없었다. 갑자기 눈이 너무 아파서 대리석 계단을 기다시피 하며 첫 번째 방에 들어갔다. 탄 냄새가 나는 책으로 가득한 방이었다. 페오는 바닥에 몸을 웅크리고 누웠다.

"너무 오래 자지는 않을 거야."

페오가 새끼 늑대에게 말했다.

"신발을 물어뜯지는 마. 물어뜯고 싶은 거 알지만, 그러면 안 돼. 벽도 뜯어 먹지 마. 재가 몸에 나쁠 거야."

페오는 새끼 늑대를 부드럽게 밀며 말했다.

"잠깐 눈 좀 붙일게."

페오는 털에 파묻힌 채로 잠에서 깼다. 익숙한 느낌이었다. 마음을 편안하게 하는 늑대 냄새와 난롯가 내음이 페오의 코끝을 자극했다. 갑자기 지난 며칠간의 기억이 물밀 듯 마구 밀려들었다. 엄마 생각이 났다.

페오는 벌떡 일어나려다가, 얼었다 녹은 발가락의 감각에 놀라 움찔했다. 화이트도 붕대를 씹다가 멈추고 몸을 부르르 떨었다. 페오는 화이트와 함께 주변을 둘러보기 시작했다.

성의 왼편은 처참했다. 석상 말고는 아무것도 남아 있지 않았다. 하지만 오른편은 화재 피해가 좀 덜했다. 지난밤 페오가 잠을 잔 서재와 대도서관이 있는 곳이었다. 하지만 총이나 쇠사슬, 옷처럼 페오에게 필요한 것은 아무것도 없었다. 아래층도 상황은 비슷했다. 오른편에는 무도회장이 있었는데, 초록색과 금색이 섞인 벽지가 눈에 띄었다. 연기가 잔뜩 배긴 했지만 감탄을 자아낼 만큼 아름다운 벽지였다. 하지만 새까맣게 불탄 벨벳 커튼은 흉측했다. 계단 왼편으로는 다 타 버린 주방이 있었다. 화재는 그곳에서 시작되었을 것이리라. 주방 옆에 까맣게 탄 방도 하나 있었다. 응접실이었던 것 같았다. 블랙, 화이트, 그레이는 아마도 이런 곳에서 귀족들과 함께 지냈을 것이다.

그레이가 떠오르자, 페오는 애써 생각을 떨쳐 냈다.

현관 쪽에서 하울링 소리가 들렸다. 블랙이 페오를 부르는 소리였다.

"뭐지?"

페오는 무기가 될 만한 것을 찾아 주위를 재빨리 살폈다. 마땅한 물건이 보이지 않았다.

"갈게!"

페오는 바닥에서 반쯤 타버린 부츠 한 짝을 주워 들고 현관으로 향했다. 블랙은 깨진 창문 옆에 서 있었다. 그리고 그 옆에, 초록색 망토를 두른 금발 머리 소년이 있었다.

"일리야!"

페오는 깨진 유리 위를 달려가 일리야를 꼭 껴안았다. 일리야는 잠시 가만히 있다가 움찔거렸다. 페오는 그제야 팔을 풀었다.

"너무 세게 안았어."

투덜거렸지만 환하게 웃고 있었다.

"나도 알아. 미안해. 늑대들에게 익숙해져서 그만. 늑대들은 깨물면서 애정 표현을 하거든."

"나한테도 그러진 말아 줘."

"안 그럴게, 미안."

"미안해하지 마. 어쨌든 우리가 널 찾았잖아."

"자, 들어와. 그쪽에는 유리 조각이 있으니까 조심해서 와. 그런데 우리가 누구야?"

페오는 잠시 그레이를 생각했지만, 불가능한 일이었다.

일리야는 홀 안에서 춤을 추듯 빙글빙글 돌았다.

"알렉세이가 네가 여기 있을 거라고 말해 줬어. 난 네가 무사할 줄 알고 있었지. 사람들은 내 말을 믿지 않았지만 말이야."

"잠깐만, 일리야."

하지만 일리야는 계속 움직였다.

"멈출 수가 없어! 애들한테는 성 위치를 잘 설명해 놨어."

일리야가 공중제비를 돌았다. 아직도 축제의 기분에 취해 있는 것 같았다.

"애들한테 네가 여기 있을 거라고 했거든."

"애들이라니?"

"저 애들 말이야!"

일리야는 깨진 창문 밖을 가리켰다.

페오는 밖을 내다보았다. 텅 빈 들판에 보이는 건 빈 헛간과 눈이 쌓여 하얗게 된 나무들 뿐이었다. 하지만 어렴풋이 어떤 소리가 들리긴 했다. 늑대 소리는 아니었다. 바람 소리나 눈이 오는 소리도 아니었다. 전에 들어 본 적 없는 소리다.

곧 지평선 너머로 긴 행렬이 보였다. 스키를 탄 아이들이 막대기나

방망이 같은 걸 들고 페오를 향해 손을 흔들었다. 아이들 뒤로 알렉세이의 갈색 머리가 보였다. 한 손으로 목마를 탄 클라라의 손을 잡고, 다른 손으로는 도끼를 들고 있었다.

하얀 눈 위에 아이들의 파란색, 초록색, 빨간색 망토가 줄지어 움직였다. 마치 페오의 집에 있던 램프 같았다. 어린아이들이 행진가를 불렀고, 알렉세이는 도끼로 지휘했다. 세르게이가 함성을 지르며 성을 향해 양팔을 흔들었다.

"어른들은 아이들이 이곳으로 오지 못하게 했어. 그래서 내가 춤을 춰서 어른들의 주의를 딴 데로 돌렸지. 좀 이상하다고 생각은 했을 거야. 어쨌든 우리는 길을 나섰어. 너의 엄마를 되찾기 위해서. 모든 걸 다……"

일리야는 갑자기 이야기를 멈췄다.

군인들조차 두려움에 떨게 하는 늑대 소녀가, 엄마가 잡혀가도 남들 앞에서는 눈물 한 방울 흘리지 않던 아이가, 살을 에는 겨울밤에도, 그리고 자신을 겨눈 총 앞에서도 눈 하나 깜빡하지 않던 용감한 아이가 어깨를 떨며 울고 있었다.

"페오?"

페오는 고개를 저었다. 심장에 구멍이 난 것 같아 아무 말도 할 수 없었다. 페오는 우두커니 서서 울었다. 눈물이 코와 볼을 타고 내려와 피로 얼룩진 두 늑대의 머리 위로 떨어졌다.

아이들은 성 안 이곳저곳을 살피며 마음껏 헤집고 다녔다. 일리야는 충격을 받아 몇 시간 동안이나 부들부들 떨며 그레이의 죽음에 관해 되물었다.

페오와 일리야는 다른 아이들을 피해 방 안으로 들어가서 다음번에 라코프 장군을 보면 어떻게 할지 의논했다.

그리고 나서 아이들을 홀에 불러 모았다. 일곱 살 동갑내기인 말썽꾸러기 그레고르와 야니프는 항상 붙어 다녔다. 어린 자매 바실리사와 조야는 눈이 컸고, 눈의 요정처럼 흰 외투를 입고 있었다. 이들보다 나이가 많은 여덟 살 소년 세르게이는 보그단과 함께 아이들을 무도회장으로 데려왔다. 클라라와 야나, 그리고 경계하는 눈빛의 열네 살 소녀 이레나도 함께였다. 일리야는 가방에서 검은 빵과 피로시키*를 꺼냈다. 아이들은 무도회장 바닥에 앉아 음식을 먹으며 이야기를 들었다.

"도시를 습격하는 데 한 표야."

알렉세이가 말했다.

"어른들은 아직도 어떻게 할지 의논 중이지. 몇 주는 걸릴 거야. 우리는 지금 당장 간다. 늦어도 곧 출발해야 해."

---

* 속에 돼지고기를 채운 러시아식 파이.

"하지만 페오의 엄마는 어떻게 구하지? 우리는 페오의 엄마를 구하러 온 거잖아."

야나가 말했다.

알렉세이는 잊고 있었다는 듯, 잠시 멍한 표정을 지었다가 곧 정신을 차렸다.

"바로 그거야! 습격과 구출을 동시에 하자. 페오가 크레스티 감옥에 잠입해 들어가는 동안 소란을 피워 시간을 벌어 주는 거야!"

"우리가 경비원을 물어 버릴게."

세르게이가 잇몸을 드러냈다.

"늑대들처럼. 아니, 더 세게!"

"그것보다는 더 똑똑한 방법을 생각하자. 깨무는 건 그리 좋은 생각이 아니야."

알렉세이가 말했다. 문에 기대 서 있던 알렉세이는 몸을 세우더니 보이지 않는 군인에게 발길질이라도 하는 것처럼 다리를 휘둘렀다.

"우리 말고도 라코프 장군과 그 군대를 싫어하는 사람들은 얼마든지 있을 거야. 다들 징발자들에게 시달리잖아. 사람들은 라코프 장군에 맞서 싸울 이유가 생기기만 기다리고 있을걸. 우리가 그 사람들에게 기회를 주는 거지."

"그런데 우리가 싸울 이유는 뭐지?"

새끼 늑대를 무릎에 놓고 창틀에 앉아 있던 페오가 입을 열었다.

큰 늑대 두 마리는 페오의 발치에 앉아서 반쯤 타 버린 커튼을 잘근잘근 씹고 있었다.

"우리 엄마가 라코프 장군에 맞서 싸울 이유인 거야?"

"어느 정도는. 하지만 더 정확히는 너랑 늑대들이 그 이유야. 생각해 봐. 높은 곳에 올라가서 네가 라코프 장군에게 어떻게 했는지 말하는 거야. 기둥이든 연단이든 올라갈 만한 데가 분명 있을 거야. 거기서 네가 스키로 그의 얼굴을 후려쳤다고 말해. 그 다음, 아이들을 이끌고 군대처럼 행진해. 늑대들이 앞장서고 그 뒤를 우리가 따를게. 그러면 다른 사람들도 우리의 대열에 합류할 거야."

"아이들이 행군할 줄은 알아? 제대로 하려면 시간이 좀 걸려. 내가 잘 알아."

고개를 숙인 채 눈물을 삼키고 있던 일리야가 말했다. 목소리만은 단호했다.

"훈련시키면 되지."

알렉세이가 허공에 주먹질하며 말했다. 그의 열정이 아이들을 압도했다.

"바실리사와 조야한테 제대로 싸우는 법을 가르칠게. 더 사나워져야 해. 내일 당장 시작할 거야."

"하지만 나는 빨리 가야 해. 오늘이 벌써 월요일이란 말이야."

"아이들은 이미 지쳤어. 내일 떠나는 게 좋겠어."

야나가 말했다.

페오는 뭐라고 말해야 할지 잠시 고민했다. '나 혼자 갈게'라고, 말하고 싶었다. 하지만 문득, 지난밤 숲에서 있었던 일이 떠올랐다. 섣불리 혼자 움직이다가 또 다른 생명을 잃을 순 없었다.

"그래, 내일 출발하자. 그리고 늑대들도 데려가자. 도움이 될 거야."

"야생 늑대들은 도시로 들여보내 주지 않을 거야."

"반만 야생인걸."

페오가 대답했다. 그러자 야나가 말했다.

"늑대뿐만 아니라 그 누구도 못 들어갈지 몰라. 성문 앞에서 검문을 해. 라코프 장군의 신경이 곤두섰거든. 선동가로 보이는 사람은 모두 잡아 세워. 즉, 귀족이나 군인만 안으로 들어갈 수 있는 거야."

"성벽을 타고 넘어 가자."

세르게이가 괜히 벽을 발로 차며 말했다. 야나가 대꾸했다.

"세르게이, 너는 떡갈나무도 못 타잖아. 그리고 올라간다 해도 군인들이 총을 쏠걸. 그렇지, 알렉세이?"

머리카락으로 얼굴을 가리고 잠시 고민하던 페오가 소리쳤다.

"좋은 생각이 있어! 바느질할 수 있는 사람?"

기발한 계획을 떠올렸다는 생각에 손끝이 저릿저릿해졌다. 아이들은 어리둥절한 표정으로 웅성거렸다.

"라코프 장군 앞에서 바느질을 하려고? 그건 좋은 공격 계획이 아닌 것 같은데."

알렉세이가 말했다.

"장담해. 이건 지금까지 내가 생각해 낸 계획 중에서 최고야!"

아이들의 눈이 휘둥그레졌다.

"도시에 들어갈 방법이 있어. 우리 모두가 들어갈 수는 없겠지만 말이야. 다들 알다시피, 귀족들은 늑대를 키우잖아? 우리가 늑대들을 데리고 귀족처럼 위장하면 어떨까?"

일리야가 어이없다는 듯이 쳐다보며 말했다.

"오해하지 말고 들어, 페오. 너 미쳤니?"

그때 알렉세이가 성큼성큼 걸어 나와 페오의 등을 한 대 치고 껄껄 웃었다. 블랙과 화이트가 위협적으로 으르렁거렸지만, 알렉세이는 신경 쓰지 않고 더 크게 웃었다.

"들었어? 이런 걸 계획이라고 하는 거야. 라코프 장군을 쓰러트릴 진짜 계획."

13장 **위장**

다행히 많은 아이들이 바느질을 할 줄 안다고 했다. 실제 실력이
어떤지는 알 수 없었지만 말이다. 다음 날 야나와 보그단, 어린 바실
리사와 조야는 커튼을 뜯어내고, 페오에게 칼과 바늘을 빌렸다. 바
늘은 페오가 나침반으로 사용하던 것이었다.

"이걸로 바느질을 해야겠어. 바늘 자국이 좀 크게 나겠다."

야나가 말했다.

"바느질을 완벽하게 할 필요는 없어. 옷은 대부분 망토에 가려질
테니까."

이후 아이들은 페오가 나타날 때마다 데려가서 어깨나 팔, 등 같
은 부위의 치수를 쟀다. 아이들은 뭐가 그리 재미있는지 연신 까르
르 웃으며 자기들끼리 재잘거렸다. 그런 아이들의 모습이 왠지 페오
의 마음을 따뜻하게 했다.

한편, 세르게이는 친구들과 함께 별채로 가서 쓸 만한 무기가 있는지 찾아보겠다고 했다.

"그런데 서로 죽이면 안 돼, 알았지? 연습도 하지 마."

페오가 말했다.

그때 이레나가 벽을 탕탕 치며 주의를 끌었다.

"옷보다 더 중요한 게 뭔지 알아? 신발이야. 귀족의 옷을 입고 부츠를 신을 수는 없어. 그럼 절대 백작의 딸로 보이지 않을 거야."

"괜찮아. 아무도 신경 쓰지 않을걸?"

"그래도 만약, 보면 어떡해?"

모두가 페오의 부츠를 쳐다봤다. 발가락 부분은 까맣게 그을렸고, 늑대 오줌과 피가 묻어 이상한 냄새가 났다. 금빛 응접실에서 늑대들에게 캐비어를 던져 주는 사람이 신을 만한 신발은 확실히 아니었다.

"누군가 보기라도 하면 끝장이야."

"나랑 신발을 바꿔 줄 사람?"

하지만 다른 아이들의 신발은 상태가 더 나빴다.

"신발을 새로 만들면 어떨까?"

야나가 말했다. 그러자 페오가 대꾸했다.

"뭘로? 쉽지 않을걸."

"잠깐만!"

일리야의 얼굴이 갑자기 환해졌다.

"좋은 생각이 있어. 발레 슈즈!"

"어떤 발레 슈즈?"

페오가 물었다.

"왕립 발레 학교가 있잖아! 성문에서 별로 멀지 않아."

일리야는 한 발씩 번갈아 껑충껑충 뛰며 말했다.

"그걸 어떻게 알았어?"

그리고 다리를 앞뒤로 길게 뻗어 점프하며 방 안을 돌아다녔다.

"매일 밤 창문 밖에서 구경했어. 그렇게 발레를 배웠지. 가끔 학생들이 발레 슈즈를 내다 버려. 진짜 발레리나는 신발 한 켤레를 일주일도 못 신거든. 나는 그걸 줍곤 했어."

일리야는 한 바퀴 재주를 넘더니 소리쳤다.

"지금 당장 다녀올게! 그 사람들도 나를 알아. 친한 건 아니지만, 어느 정도 알기는 하지. 하인들도 내가 밖에서 구경하는 모습을 늘 지켜봤거든. 갔다 오는 데 한 시간이면 될 거야."

"어떻게 갈 거야?"

"보그단의 스키를 타고."

"내 스키를?"

보그단은 알렉세이를 힐끔 쳐다본 후 마지못해 고개를 끄덕였다.

"알았어."

"나도 같이 갈까?"

페오가 끼어들었다.

"안 돼. 넌 옷을 입어 봐야지. 다른 사람이 같이 가 주면 좋겠는데."

야나의 이야기에 일리야가 대답했다.

"혼자 가도 돼."

"알렉세이가 가면 되겠다. 제일 나이가 많으니까."

페오가 말했다.

일리야의 얼굴이 붉어졌다. 일리야는 자꾸만 새어 나오려는 웃음을 애써 감추고는 알렉세이를 밖으로 이끌었다. 페오는 성문을 기어오르는 일리야와 알렉세이의 모습을 지켜보았다.

야나가 페오에게 다가왔다.

"그런데 누구랑 갈 거야? 네 나이의 귀족은 혼자 다니지 않아."

"일리야랑 아마도 알렉세이."

"그럼 그 애들은 뭘 입지?"

"일리야의 군복을 수선해 주자. 좀 더럽지만 자세히 보지 않으면 잘 모를 테니까. 알렉세이는 엄마의 초록색 망토를 두르면 될 것 같아. 망토로 가리면 그가 어떤 사람인지 아무도 모를 거야."

"그래. 누가 물어보면, 오빠라고 말해."

"육촌이라고 할게. 나랑 닮은 구석이 없으니까."

페오는 스스로가 알렉세이와 전혀 닮지 않아서 안타깝다고 생각했다. 알렉세이의 피부는 환하게 빛이 난다. 그런 알렉세이를 닮았다

225

면 좋았을 것이다. 대신 페오의 손에는 그레이와 훈련할 때 생긴 상처가 가득하다. 하지만 페오는 이 영광의 흔적을 그 무엇보다 소중하게 여겼다.

🐾🐾

한 시간 뒤, 세르게이와 그 일당이 잔뜩 들떠서 종알거리며 성 앞마당으로 들어왔다.

"와서 이것 좀 봐!"

"뭘 보라는 거야?"

페오가 물었다.

"깜짝 놀랄걸. 알렉세이 형이랑 일리야 형은 어디에 있어?"

"아직 돌아오지 않았어."

그때 철커덩하는 소리가 났다. 두 사람이 흐느적거리며 성 문을 타고 내려왔다. 일리야가 무언가를 들고 흔들었다.

"구했어!"

일리야는 잠시 머뭇거리다가 덧붙였다.

"알렉세이가 구해 왔어."

"일리야는 음악을 듣느라 정신이 팔려 있었지."

일리야의 얼굴에 홍조가 떠올랐다.

"잠시 그랬던 거야. 춤추는 걸 보고 싶었거든."

페오는 두 사람을 번갈아 쳐다봤다.

"무슨 일이 있었는데? 세르게이, 먼저 가 있어. 곧 뒤따라갈게."

페오는 다급히 물었다.

"일리야, 무슨 일이 있었던 거야?"

"일리야가 춤을 췄어! 1층 창문 밖에서 발레리나들의 춤을 따라 하고 있더라고. 훤히 다 보이는 곳에서!"

알렉세이가 대답했다.

"누가 봤어?"

"한 사람이 봤어. 그 사람 한 명뿐이었어."

일리야의 얼굴이 새빨개졌다.

"일리야, 그러다 잡힐 수도 있어!"

"잡히지 않았잖아. 어떤 선생님이 우리를 따라왔어. 하지만 화가 난 것처럼 보이지는 않았어. 그 사람 덕분에 오히려 사람들의 주의를 딴 데로 돌릴 수 있었다고."

일리야는 애걸하듯 말했다.

"그리고 알렉세이가 쓰레기장에서 이걸 찾았어."

흰색 발레 슈즈였다. 페오에게 약간 커 보였지만, 양말을 신으면 괜찮을 것 같았다. 일리야가 말을 계속했다.

"좀 닳았지만 깨끗해. 발레 슈즈가 다 그렇듯 안에 피가 좀 있을지 몰라."

그때 세르게이가 바깥에서 눈덩이를 던지며 소리쳤다.

"얼른 와! 형들도. 다 이쪽으로 와야 해!"

"무슨 일인데?"

페오가 물었다. 그러자 조야가 말했다.

"비밀이야. 언니를 위해 뭘 만들었어."

"좀 낡았지만 그래도……."

남자아이 하나가 입을 열자 세르게이가 주의를 줬다.

"쉿! 아직 말하면 안 돼."

페오는 아이들의 작은 손에 붙들려 성 모퉁이를 돌아갔다. 아이들은 눈밭을 걷는 게 버거워 보였지만 잘 견디고 있었다. 알렉세이는 클라라를 한쪽 어깨 위에 태웠다. 곧이어 세르게이가 눈 쌓인 곳을 가리켰다.

"저기야!"

개썰매였다. 페오가 생전 보지 못한 멋진 개썰매가 페오 앞에 놓여 있었다. 은빛 금속으로 만들어진 썰매를 아이들이 소매와 넝마로 빛이 날 때까지 닦아 놓았다. 아이들은 날에 기름칠을 하고 손잡이에는 붉은색 랜턴까지 달아 놓았다.

"다 너희가 한 거야?"

페오가 물었다.

"응! 야나 누나가 조금 도와주긴 했지만."

야나는 입모양으로 말했다.

"많이."

"누나가 늑대를 타고 갈 수는 없을 거라고 생각했어. 세르게이, 어서 말해."

보그단의 말에 세르게이가 고개를 끄덕였다.

"보통 사람들은 늑대를 타고 다니지 않잖아. 내가 도시에 가 봤는데, 늑대를 탄 사람은 하나도 없었어."

"맞아. 아마 그럴 거야."

페오는 세르게이에게 뽀뽀라도 해 주고 싶었다. 하지만 세르게이의 얼굴은 너무 진지했고, 또 더러웠다.

"누나는 빨리 가야 하잖아. 늑대들이 썰매를 끌어 주면 금세 도착할 수 있을 거야."

"정말 멋진 생각이야! 고마워."

"그렇다고 안지는 마. 일리야 형이, 누나는 늑대처럼 세게 안는댔어."

페오는 얼굴이 달아올랐지만, 활짝 웃었다. 페오가 세르게이에게 달려가는 시늉을 하자, 아이들이 꺅 소리를 지르고 깔깔거리며 이곳저곳으로 달아났다.

페오는 썰매를 만져 보았다.

"정말 대단해. 이 손잡이를 봐. 반짝반짝 빛이 나. 윤을 내려고 몇 시간 동안이나 닦았을 거야. 이렇게 추운 눈밭에서."

알렉세이는 페오처럼 기쁜 것 같아 보이지 않았다. 손톱을 잘근잘근 씹으며 무언가 다른 생각에 몰두하는 것 같았다.

"얘기 좀 해도 될까? 아이들 앞에서 이야기하고 싶지는 않지만, 내 생각에 발레 학교에서 누군가 우리를……."

하지만 그때 야나가 창문 밖으로 불쑥 고개를 내밀었다.

"페오, 이리 와서 옷을 입어 봐."

페오의 심장이 덜컹 내려앉았다. 옷이 다 되었다면, 이제 때가 된 것이다.

🐾 🐾

페오는 빗이 없어서 손가락으로 머리를 빗어야 했다. 세르게이는 빗으로 쓰라며 의기양양하게 칫솔을 하나 들고 왔다. 야나는 속옷만 입고 덜덜 떠는 페오에게 드레스를 입혀 주었다. 조야는 치맛단에 늘어진 실을 잡아 빼 줬다.

"준비됐어! 모두 와서 봐."

조야가 외쳤다.

웅성거리는 소리가 들리더니 무도회장 문이 벌컥 열렸다. 아이들은 비명을 지르며 들어왔고, 그 뒤에 일리야와 알렉세이가 무언가를 속삭거리며 나타났다.

순간 모두 입을 다물었다.

페오의 얼굴은 창백했지만 결연한 표정을 짓고 있었다. 엉킨 부분 없이 매끈하게 땋은 머리는 풍성하게 등 뒤로 늘어져 무릎까지 내려왔다. 드레스는 목부터 바닥까지 쭉 내려오는 단순한 모양이었다. 허리에는 샹들리에가 달렸던 천장에서 떼어 낸 은빛 체인이 반짝였다. 클라라가 소매에 눈을 묻혀 닦아 준 덕분이다.

페오는 어깨와 등을 반듯하게 펴고 섰다. 야나가 말했다.

"불편하다면 잘 하고 있는 거야."

그리고 페오의 턱을 살짝 올려 줬다.

"곁눈질하면 안 돼. 상트페테르부르크에 가 본 적 있는데, 귀족들은 앞만 보고 다녔어. 다른 사람들이 알아서 길을 비켜 주거든."

여자아이들은 별채에서 찾은 붉은색 물감을 눈에 적셔 페오의 입술에 발라 주었다. 하얀 발레 슈즈를 신자 발끝을 세우고 걷고 싶은 기분이 들었다. 페오는 무도회장을 가로질러 걸어 보았다. 드레스 자락에서 전나무가 바스락거리는 듯한 소리가 났다.

"음, 생각했던 것보다 훨씬 괜찮은걸."

일리야가 말했다.

야나는 옷매무새를 정리해 주고 아이들 쪽으로 돌아섰다.

"금붙이가 필요해. 귀족들은 금으로 된 장신구를 착용하거든."

"금 같은 건 없어. 전에는 금목걸이가 있었는데, 이제는 없어."

페오가 말했다.

"맞다! 서재에 성경책이 많아."

일리야가 소리쳤다.

"뭐라고? 지금 기도하고 있을 때가 아니야."

알렉세이가 외쳤지만, 일리야는 이미 달리고 있었다. 곧 일리야가 반쯤 불탄 성경책을 한 아름 안고 돌아왔다. 기도를 하려는 것 같지는 않았다.

"금색 글자들이 있잖아. 봐, 손톱으로 긁으면 떨어져."

아이들은 책 주변에 모여 앉았다. 그리고 재미있다는 듯 낄낄댔다.

"하느님이 나중에 이 일의 책임을 물으실 거야. 하지만 살인한 죄보단 나으니까."

세르게이가 말했다.

페오는 손톱으로 금박을 벗겨 내어 눈꺼풀과 손톱 위에 붙였다.

금박은 페오의 몸을 장식하고도 남을 정도로 많았다. 페오는 블랙의 눈썹과 화이트의 귀도 금박으로 장식했다. 어쨌든 늑대들도 같이 위장하는 것이니 꾸며 줄 필요가 있다고 생각했다.

아이들이 페오를 무도회장 가운데 두고 물러서자 두 마리의 늑대가 그 옆으로 다가왔다. 그 장면을 보고 알렉세이가 중얼거렸다.

"동화 속 한 장면 같아."

🐾 🐾

페오가 상트페테르부르크 광장에 도착했을 때, 눈이 그쳤다.

동전을 구걸하려고 페오의 썰매로 몰려든 아이들은 가만히 서서 하늘과 페오를 번갈아 가며 쳐다봤다. 러시아의 겨울에는 눈이 오지 않는 날이 놀라울 만큼 드물었기 때문이다.

날씨와 상관없이, 검붉은 망토를 두른 페오의 모습도 놀랍기는 마찬가지였다. 비록 팔꿈치부터 손목까지는 상처와 멍으로 뒤덮여 있었지만, 페오의 눈꺼풀은 금빛으로 반짝였다. 굳게 다문 턱은 아침 식사 전에 용을 한 마리 사냥이라도 한 것처럼 강인해 보였고, 눈빛은 그 용을 잡아먹기라도 한 듯 용맹했다.

군복을 입고 썰매 위에 앉은 소년의 표정엔 결연함이 서려 있었다. 보통의 모험가에게서 나타나는 결연함이 아니라 마치 자신이 용감하다는 사실을 최근에 발견한 사람의 얼굴에서 보이는 그런 종류의 결연함이었다. 그 뒤에 선 소년은 초록색 벨벳 망토와 털을 두르고 모자로 얼굴의 대부분을 가리고 있었다. 하지만 그 아래로 드러난 입은 만족스러운 듯 미소를 띠고 있었다.

도시 아이들의 시선을 사로잡은 가장 놀라운 점은 썰매를 끄는 두 마리의 늑대였다. 털은 서리가 앉아 반짝였고, 등의 근육이 불거져 보였다. 늑대들은 금빛 장식으로 눈부시게 빛났다.

🐾 🐾

마침내 감옥에 도착했다. 페오는 책에서 읽은 적은 있지만, 감옥을 실제로 본 건 처음이었다. 놀랍도록 크고 아름다운 건물이었다.

붉은 벽돌로 지어진 네 개의 건물은 십자가 모양으로 연결되어 있었고, 그 중앙에 감시탑이 있었다. 주위는 시끄러웠다. 수감자들의 이야기 소리 사이사이, 웃음소리와 고통에 울부짖는 비명이 섞여 들렸다. 페오는 몸을 부르르 떨며 그 비명이 엄마가 지른 것이 아니길 기도했다.

페오 일행은 어른과 함께 가지 않았기 때문에 오히려 수월하게 성문을 통과할 수 있었다. 물론 알렉세이는 어른도 아니고 소년도 아닌 것처럼 보였다. 알렉세이는 마치, 전쟁의 신과 대지의 여신 사이에서 태어난 아이 같았다. 페오가 보기에 어른들은 다행히 아이들을 잘 의심하지 않는 듯했다.

아이들은 넓은 도시에서 한 시간 반이나 감옥을 찾아 헤매야 했다. 스스로 인정하듯, 일리야의 방향 감각이 엉망이었기 때문이다. 아이들은 감옥 앞에 서서 의논하기 시작했다.

"어떻게 생각해?"

페오는 경비군들을 살핀 후, 일리야에게 물었다.

"거만하게 행동해야 할까, 아니면 상냥하게 대해야 할까?"

"경비군들에게는 거만하게 해야 할 것 같아."

"맞아. 그 사람들은 상냥한 태도 따위에는 관심이 없어. 그냥 보초를 설 뿐이야. 상냥함은 조심성 없는 사람에게나 잘 먹혀. 그러니까 당당하게 행동해."

페오는 고개를 끄덕였다. 페오의 당당한 표정은 찡그리는 표정과 다를 바 없었지만, 어쨌든 그런 표정을 지어야 했다.

늑대들은 감옥으로 이어진 돌길을 사뿐사뿐 걸었다. 군인들이 광장에서 행진하고 있었다.

페오는 경비군을 아래위로 훑어보았다. 혀 짧은 소리를 낼까, 하는 생각도 했지만 금방 생각을 접었다.

"안녕하세요?"

페오가 말했다. 뒤에서 알렉세이가 고개를 끄덕이는 것 같았다.

"아버지께서 안에서 기다리라고 하시더군요."

"누구시라고요?"

"제 아버지요."

"네, 그런데 아버님이 누구신지요?"

페오는 마음속에 떠오른 이름을 내뱉었다.

"울포비치 백작이에요. 그리고 이쪽은 제 육촌 오빠이고, 이쪽은…… 오빠가 총애하는 사병입니다."

일리야가 날카롭게 쏘아보았다.

"죄송하지만 그런 이름은 들어 본 적이 없군요. 알 만한 사람을 데려올게요. 잠시만 기다려 주세요."

"제 아버지는 황제의 육촌이에요."

페오가 재빨리 둘러댔다.

"경비군이 아버지를 모른다는 걸 아시면 깜짝 놀라실 텐데요. 그리고 아버지를 놀라게 한 사람은 곤란해질 수도 있다고 들었어요."

"저는……."

경비군은 망설이면서 주위를 둘러보았다.

"군인들이 제대로 교육 받았다고 들었는데, 사실은 그렇지 않다고 아버지께 말씀드려야겠군요."

"그러실 필요 없습니다, 아가씨!"

"그럼 들여보내 주세요."

"물론이지요. 참고로 이 일은 아버님께 말씀드리지 않으셔도 됩니다. 참 아름다운 늑대들이네요."

"고마워요. 저도 알고 있어요."

"멋진 애완동물이에요."

경비군은 억지 미소를 지으며 금박이 붙은 블랙의 털을 한참 쳐다보았다.

페오는 마른 입술에 침을 발랐다. 늑대들은 페오의 떨림을 느끼고 목덜미의 털을 세웠다.

"네, 그렇죠."

"길은 잘 아시죠? 교도관 도서관 안에서 기다리시면 됩니다. 중앙 건물 4층이에요. 감방에는 가까이 가지 마세요."

페오는 4층까지 올라갈 수 있을지 걱정이 됐다. 늑대들은 계단을 좋아하지 않기 때문이다. 일리야의 표정이 어두워졌다. 하지만 다른 선택의 여지가 없었다. 계단은 황동 난간으로 둘러싼 대리석 계단이었다. 늑대들이 대리석 바닥에 발을 디딜 때마다 발톱이 대리석과 부딪히는 소리가 났다. 발톱 소리가 울려 퍼져 모든 군인과 죄수들을 불러 모으지 않을까 조마조마했다.

다행히 올라가는 동안 아무도 마주치지 않았다. 2층 계단 옆에는 근엄해 보이는 성인의 조각과 작은 대리석 벤치가 놓여 있었다. 그걸 보니 해냈다는 생각에 환호성이 터져 나올 것 같았다. 하지만 소리 내어 웃지 않으려고 애썼다. 페오는 일리야를 보며 말했다.

"일리야! 왜 우물쭈물하는 거야?"

일리야의 얼굴이 붉게 달아올라 있었다. 기쁜 것 같아 보이지는 않았다.

"그런데 우리…… 여기가 아니라 감방이 있는 건물로 가야 할 것 같은데?"

"그 생각은 못 했는데. 다음번에는 바로 이야기해 줘."

페오가 웃으며 대답했다.

"이제 어디로 가면 되지?"

알렉세이가 물었다.

"모르겠어. 감방이 있는 건물은 네 개고, 십자가 모양으로 연결되어 있어."

일리야는 알렉세이와 눈을 마주치지 않으며 대답했다.

"그래, 그중 페오의 엄마가 계신 곳은 어디지?"

"나도 몰라. 여자 감방이라는 표시가 있을 줄 알았는데 없네. 미안해."

페오의 마음속에 차오르던 모든 기쁨과 희망이 산산조각 났다. 페오는 실망한 목소리로 말했다.

"이곳에 들어오기만 하면 쉬울 줄 알았어. 엄마를 만날 수 있을 줄 알았는데."

"남쪽 건물이 여자 감옥인 것 같은데…… 확실하지는 않아."

일리야가 더듬거리며 말했다.

하지만 알렉세이는 전혀 동요하지 않았다.

"이렇게 추측만 하고 있을 수는 없어. 뭔가를 해 봐야지. 하지만 만약 추측이 틀린다면 경보가 울리고, 우리는 감옥에서 끝장나고 말

거야. 그럴 순 없어. 청소부들은 어디에 있지?"

"갑자기 청소부들은 왜?"

"이 구역에 대해 누구보다 잘 아는 사람들이잖아."

"하지만 우리에게 알려 주진 않을걸!"

"사람들은 상대가 친절하게 대하면 생각보다 쉽게 정보를 알려 주기도 해. 단, 주변에 지켜보는 사람이 없어야 해. 먼저, 말이 많을 것 같은 사람을 찾아."

페오는 유용한 정보라고 생각하며 물었다.

"하지만 어떻게?"

"눈에 해답이 있어. 입이 움직이는 방법에도. 눈썹이 다른 사람들보다 올라간 사람을 찾아. 그리고 입이 이렇게 생긴 사람도."

알렉세이는 입을 2밀리미터쯤 벌리고는 입술을 앞으로 살짝 내밀었다.

"금방이라도 말을 시작할 것처럼 입술이 준비 중이지."

"그러면 빨리 찾아보자!"

페오가 말했다.

"그리고 말이 빠른 사람을 찾아. 말이 빠른 사람들은 말을 하면서 무심결에 중요한 정보들을 흘리곤 하거든. 내가 그런 사람이라서 잘 알아."

여러 사람들이 지나갔지만 아무도 아이들 앞에 멈춰 서지 않았다. 늑대들이 걸을 때마다 발톱 소리를 내도 아무도 쳐다보지 않았다. 이곳에서는 금박으로 장식까지 한 늑대들이 왜인지 전혀 튀어 보이지 않았다. 사람들은 두세 명씩 짝을 지어 바삐 움직였고, 몇몇 사람들은 늑대를 데리고 지나갔다. 어떤 사람들은 급히 지나가면서 페오에게 인자한 미소를 보내기도 했다.

새하얀 주방 문 뒤로 접시를 닦는 소리와 노랫소리, 그리고 바삐 움직이는 발소리가 들렸다. 알렉세이는 주방 문을 열고 환하게 웃으며 늑대에게 먹일 고기를 얻을 수 있을지 물었다.

"울포비치 장군의 명령입니다."

검은 옷을 입은 소녀 하나가 은식기를 닦고 있었다. 페오는 소녀에게 가까이 다가갔다.

"그 일을 끝내려면 얼마나 걸릴까?"

소녀가 식기를 닦을 때마다 높이 땋아 올린 머리가 흔들거렸다.

"몇 시간 걸려요, 아가씨."

소녀가 대답을 하며 눈썹을 치켜 올렸다. 아마도 말이 많은 사람일 것이다.

"숟가락은 몇 개나 돼?"

"100개가 넘어요. 오늘 저녁에 군대의 수여식에서 사용될 거예요. 참석하는 사람은 30명이지만, 한 사람이 숟가락을 네 개씩 쓰거든요."

"뭐라고?"

페오는 잠시 망설이다가 말을 멈췄다. 무엇 때문에 모이는지 물어볼까 하다가 백작의 딸이라면 당연히 알아야 할 것 같아서 더 이상 질문하지 않았다.

"아주 일이 많구나."

그리고 자신도 모르게 몸을 움츠렸다. 위장은 쉬운 일이 아니다.

"무얼 축하하는 자리지?"

"선동가를 많이 체포했거든요. 하지만 사람들이 말하는 걸 들었는데요, 대부분은 선동가가 아니라 거지들이래요. 라코프 장군이 목요일에 왔다 가면 그 이후에 풀어 주려나 봐요."

"그 사람들을 데려다가 뭘 하려는 걸까?"

"저도 몰라요. 라코프 장군의 속내는 아무도 모르죠. 성격이 난폭한 사람이니까요."

순간 소녀의 눈이 커졌다.

"혹시 장군이 부모님의 친구는 아니겠지요, 아가씨?"

"아니야."

이 말은 완전히 사실이다.

"그리고 또 무슨 일이 있대?"

"글쎄, 시골에서 어떤 불쌍한 여인이 잡혀 왔는데, 라코프 장군이 자신의 눈을 잃게 한 벌로 사형을 선고할 거래요."

소녀는 목소리를 낮추고 속삭였다.

"그리고 사형 집행을 직접 보려고 한대요."

"하지만 아직 재판도 받지 않았는걸!"

"네?"

페오는 부들부들 떨었다.

"음, 그러니까 내 말은, 재판 전까지 죄수를 안전하게 지켜야 한다는 뜻이었어."

소녀는 흘러내린 머리카락을 치우며 자랑스럽게 말했다.

"이곳은 러시아에서 가장 안전한 감옥이에요, 아가씨."

"그러면 그 여자 죄수는 가장 안전한 건물에 있니?"

"글쎄요. 여자 감옥이 있는 건물은 하나라서요. 북쪽 건물이요. 지금은 그곳에 죄수가 거의 없지만, 곧 라코프 장군이 사람들을 많이 잡아들일 거라는 소문이 있어요."

"흥미로운 이야기군."

페오는 하마터면 고맙다고 말할 뻔했지만 참았다. 귀족들은 일하는 사람들에게 고맙다고 말하지 않기 때문이다. 주방 밖으로 나오자마자 알렉세이가 페오와 일리야를 끌고 빈 도서관으로 갔다.

"북쪽 건물로 가야 해. 엄마가 바로 저기에 있어."

페오는 알렉세이의 손을 뿌리치며 소리쳤다.

"빨리 가자!"

"안 돼. 요리사와 이야기해 봤는데, 감방 두 개마다 교도관이 한 명씩 지키고 있대. 무작정 들어가 봤자 엄마를 만나지 못할 거야."

"빨리 달리면 돼. 엄마가 바로 저기에서 나를 기다리고 있다고! 일리야, 너는 나랑 갈 거지?"

하지만 일리야의 얼굴도 어두웠다. 알렉세이가 말했다.

"방법을 찾아야 해. 방 번호도 알아야 하고. 그러려면 사람이 더 많이 필요해."

페오는 일리야와 알렉세이의 얼굴을 차례로 바라보았다. 그리고 차갑게 말했다.

"네가 알렉세이의 편을 들 줄 알았어."

일리야의 얼굴이 흙빛으로 변했다. 일리야는 항변했다.

"편드는 게 아니야! 알렉세이의 말이 맞는걸."

페오는 어깨를 축 늘어트리고 앉아서 블랙의 옆구리에 얼굴을 묻었다.

"엄마가 보고 싶어."

"하지만 페오, 우리에게는 든든한 아군이 있잖아. 성에 있는 아이들을 준비시켜 감옥을 급습하자! 혼란한 틈에 엄마를 데려오면 돼."

"언제 할 건데?"

페오는 눈꺼풀에 붙은 금박을 털어 내고 마른침을 꿀꺽 삼켰다.

두 주먹을 꼭 쥐며 다시 물었다.

"내일?"

"목요일에. 라코프 장군이 방문하는 날에는 대부분의 군인들이 행사에 동원될 거야. 바로 그때를 노려야 해."

"어떻게 할 거야?"

"먼저 아이들을 훈련시켜야 해. 그 다음, 혁명을 시작할 거야."

14장 훈련

　아이들은 다시 성으로 돌아갔다. 그리고 반쯤 불에 타 버린 서재에서 곤히 잠을 잤다. 서로 몸을 붙이고, 집에서 몰래 가져온 담요를 함께 덮었다. 무도회장의 대리석 바닥은 얼음장처럼 차가웠지만, 서재는 책으로 둘러싸여서 약간 훈훈한 느낌이 들었다. 페오는 중간중간 악몽에 시달리며 깨곤 했다. 그 때마다 잠든 아이들의 쌔근거리는 소리가 페오를 안심시켰다.

　다음 날부터 혁명을 위한 훈련이 시작되었다. 알렉세이가 침대에서 자는 아이들을 향해 호루라기를 불었다. 하지만 잠에서 덜 깬 아이들은 무도회장으로 가기 싫어했다. 눈이 내린 후라 날씨도 더 추웠다. 하지만 아무도 알렉세이에게 싫다는 말을 하지 않았다. 그건 마치 회오리바람에게 싫다고 하는 거나 마찬가지이기 때문이었다.

　"자!"

알렉세이는 소매를 걷고, 머리를 끈으로 동여매고는 아이들 앞에 나섰다.

"시작하기 전에 몸부터 데워야겠다. 차가운 뇌로는 아무것도 배우지 못해."

"내가 벽난로에 불을 지필게. 일리야의 가방에 성냥이 많아."

페오가 말했다.

"아니, 그럴 필요 없어. 너희들은 지금부터 무도회장을 30바퀴 돈다."

여기저기에서 불만의 소리가 터져 나왔다.

"불평하는 사람은 오늘 밤 밖에서 늑대들이랑 잔다."

페오가 반대하려고 했지만 알렉세이의 표정은 단호해 보였다. 반대 의견을 받아들일 것 같지 않았다.

"잘 들어."

알렉세이가 두 손을 펴고 말했다.

"아이들은 어른들보다 더 작고 약해. 이건 어쩔 수 없는 사실이야. 그러니까 어른에 대항하려면 더 빠르고, 더 용감해져야 해. 하지만 페오, 넌 싫으면 안 뛰어도 돼. 무리에서 함께 싸우지 않을 거니까."

어쨌든 페오는 함께 달렸다. 처음에는 모두를 따라잡으며 달리는 게 재미있었다. 먼저 어린아이들을 추월하고, 팔을 힘껏 휘저으며 일리야를 앞질러 갔다. 일리야는 발목을 좀 더 움직이고 무릎을 덜 굽히기만 해도 더 빨라질 것 같았다. 하지만 알렉세이가 없을 때 말해 줘야겠다고 생각했다. 마지막으로 알렉세이까지 따라잡았다. 페오가 자신을 앞지르자 알렉세이는 조금 놀란 기색이었다. 알렉세이는 상체를 숙이고 셔츠를 펄럭이며 더욱 힘껏 달렸다. 그러자 페오도 속력을 내 또다시 알렉세이를 따라잡았다. 알렉세이는 투덜거리더니 이내 야나와 이레나에게로 관심을 돌렸다.

"너희는 아주 느긋하게 뛰는구나. 늑대한테 쫓기는 것처럼 있는 힘껏 달려야지!"

페오는 만일 늑대에게 쫓긴다면 뛰어봤자 소용없을 거라고 말하고 싶었지만 그냥 가만히 있었다.

"좋아. 이제 모두 자리에 앉아. 말린 사과가 있을 거야. 바실리사, 음식을 좀 꺼내 줄래?"

그리고 숨을 고르며 페오에게 말했다.

"달리기는 누구한테 배운 거야?"

"엄마가 가르쳐 주셨어. 눈 위에서 달리며 자랐으니까, 평평한 바닥에서 뛰는 건 식은 죽 먹기지. 난 늑대가 뛰는 속도가 보통이라고 생각하면서 컸어. 늑대에 비하면 난 느리지."

페오는 싸움 훈련에 참가하지는 않았다. 그동안 피를 너무 많이 봤기 때문이었다. 대신 페오는 창틀에 앉아서 새끼 늑대에게 조금씩 우유를 먹였다.

알렉세이는 사자 같은 모습으로 아이들 앞에 섰다.

"우리에게는 한 가지 유리한 점이 있어. 적어도 경비군들은 사람들 앞에서 우리를 쏘지 못할 거야. 물론 쏠 수도 있지만 대부분의 사람들은 아이들이 총에 맞는 걸 보고 싶어 하지 않으니까."

알렉세이는 손톱을 물어뜯고 있는 세르게이를 빤히 쳐다보며 말을 이었다.

"솔직히, 왜 그런지는 나도 몰라."

그리고 외쳤다.

"자, 이제 공격 연습 시간이야. 상트페테르부르크에 도착하면 겁에 질려서 아무 생각도 나지 않을 거야. 하지만 훈련을 해 두면 몸이 기억하지. 겁에 질렸어도 근육이 움직일 거야. 지금부터 몸이 머리보다 더 용감해지도록 훈련한다. 알겠나? 군인들처럼 말이야."

"하지만 나는 겁먹지 않을 거야!"

세르게이가 말했다. 그러자 보그단이 빈정거렸다.

"작년, 떡갈나무에 번개가 내리친 날, 넌 침대에 오줌을 쌌지."

"아니야!"

세르게이는 격분했다.

"천장에서 비가 샌 거야!"

"비가 침대 위로만 샜다?"

"모두 조용히 해!"

알렉세이가 벽을 쾅쾅 두드리며 소리쳤다. 하지만 수다를 막을 수는 없었다.

"얘들아, 내 말 좀 들어 봐."

알렉세이는 쩔쩔맸다. 페오가 보기에 아이들을 다루는 건 늑대를 다루는 것보다 더 어려운 일 같았다. 페오는 웃으며 작게 하울링했다. 그러자 블랙이 하울링을 이어 나갔다. 창문이 흔들렸다.

아이들은 화들짝 놀랐다. 순간 방 안이 쥐 죽은 듯 조용해졌다. 알렉세이가 다시 이야기를 시작했다.

"고마워! 그런데 내가 무슨 이야기를 하고 있었지? 아, 그래. 경비군들은 우리보다 가진 게 많아. 훈련도 잘 받았고, 총도 있지. 대신 우리는 가볍고 날렵해. 기둥을 탈 수도 있고. 그러면 경비군이 우리를 따라오지는 못할 거야. 보통, 어른들은 어릴 때 알았던 걸 다 잊고 살아. 어떻게 깨무는지, 어떻게 침을 뱉는지, 어떻게 할퀴는지, 그런 건 다 잊어 버렸겠지. 하지만 우리는 다 할 줄 알잖아? 인정사정 봐주지 말고 싸운다. 알았나?"

페오는 인상을 쓰며 고개를 끄덕였다.

"일단 감옥 안으로 들어가면, 그때부터 규칙은 없어. 머리를 잡아당기고, 사타구니를 발로 차고, 귀를 물어뜯어. 알았지?"

"꽁꽁 묶어도 돼?"

세르게이가 물었다.

"그래. 좋은 생각이야."

"수염을 잡아 뜯어도 돼?"

"그래. 수염이 쉽게 뜯어질 것 같지는 않지만, 어쨌든 해도 돼."

"정강이를 발로 차도 돼? 늘 해 보고 싶었는데 엄마가 못 하게 했어. 정강이뼈는 쉽게 부러진다고."

페오는 웃었다. 세르게이 말대로, 정강이는 정말 차 보고 싶은 곳이다.

"그래."

"또……."

"그래. 뭐든지 좋아. 가장 연약한 부위는 코, 사타구니, 정강이, 눈이라는 것만 기억해."

아이들의 얼굴이 기쁨으로 환하게 빛났다.

"어떤 무기를 줄 거야?"

이레나가 물었다. 페오는 이레나가 알렉세이와 무척 닮았다고 생각했다. 얼굴이 좀 더 둥글고 알렉세이처럼 엄청나게 아름다운 건 아니지만, 어쩌면 사촌 관계일지도 모른다는 생각이 들었다.

"아직 잘 모르겠어. 뭘 만들지? 어쨌든 지금은 연습을 할 거야."

오후 햇살이 무도회장으로 길게 드리워졌다. 창문에 낀 성에가 녹아내릴 때쯤 되자 페오는 진이 빠졌다. 밖은 여전히 대낮처럼 밝았다.

알렉세이는 아이들의 소매를 잘라 주며 말했다.

"이렇게 하면 팔을 움직이기 더 편할 거야."

그리고 잘라 낸 소매를 모아 밧줄을 만들었다.

눈발이 거세지자, 알렉세이는 아이들 몇 명을 시켜 나뭇가지를 잘라 오게 했다. 눈이 거세질 때까지 기다린 이유는, 눈에 아이들의 발자국을 숨기기 위해서였다.

아이들은 창을 만들었다. 자갈을 뾰족하게 다듬은 다음, 셔츠에서 잘라 낸 천으로 나뭇가지에 단단히 동여매 만든 것이었다.

알렉세이는 아이들을 나이순으로 줄 세웠다. 맨 앞에는 가장 어린 다섯 살 아이가, 맨 끝에는 나이가 제일 많은 야나가 섰다. 야나는 부드러운 피부를 가졌지만 보기보다 대담하고 용감했다. 알렉세이는 아이들에게 공격을 막고, 찌르고, 몸을 피하는 법을 알려 주었다.

"주먹을 날려. 아니, 세르게이. 엄지손가락까지 꽉 쥐어. 좋아, 잘했어. 조야."

페오는 울프 와일더이기 때문에, 그리고 일리야는 군인이라는 이유로 훈련에서 면제되었다. 둘은 대신 불가에 앉아 무기를 만들었다.

페오는 나무가 부드러워질 때까지 불에 녹인 다음, 커튼에서 떼어 낸 끈으로 나뭇가지 양 끝을 연결했다.

"이것 봐. 활이야. 너 화살 만들 줄 알아?"

"군대에서 가르쳐 준 것 같긴 해. 하지만 제대로 듣지 않았어. 공중 돌기를 연습한 날이었거든."

알렉세이는 20분에 한 번씩, 아이들에게 페오와 일리야를 과녁 삼아 돌을 던지라고 시켰다. 둘은 갑자기 날아드는 돌을 피해 숨거나 점프해야 했다. 나중에는 주변의 물건들을 던지며 반격하기도 했다.

알렉세이는 아이들에게 팔 굽혀 펴기도 시켰다. 어린아이들은 잡아 주었지만, 더 큰 아이들은 발로 툭툭 치며 몰아붙였다. 알렉세이는 아이들 사이를 뛰어다니며 소리 질렀다.

"세르게이, 조용히 해! 얘기는 나중에 해. 내가 말하면 대답하지 말고 고개만 끄덕여."

"알렉세이는 꺼지지 않는 알람 시계 같아."

일리야의 목소리에 감탄이 묻어났다. 페오는 알렉세이가 가만히 있다가 단 30초 만에 불같이 타오를 수 있는 사람이라고 생각했다. 중간이 없었다. 바쁘거나, 화가 나 있거나, 가르치려 하거나, 웃음을 터트리지 않으면 잠을 잤다.

땅거미가 드리워졌다. 페오는 블랙에게 말했다.

"그렇다고 나쁜 사람은 아니야. 알렉세이는 착해. 단점보다 장점이 훨씬 많아."

페오는 주로 늑대들과 조용히 지내 왔기 때문에, 많은 아이들과 함께 있는 것에 익숙해지기까지 시간이 걸렸다. 훈련을 마친 아이들은 페오에게 다가와 늑대 흉내를 내며 무릎을 깨물고, 페오의 신발 끈을 묶었다 풀었다 하고, 페오가 안고 있던 새끼 늑대를 쓰다듬기도 하고, 또 자기 머리를 땋아 달라고 조르기도 했다. 하지만 알렉세이가 부르면, 아이들은 곧장 달려갔다.

"알렉세이가 저렇게 잘생기지 않았다면, 알렉세이를 쉽게 미워했을지도 몰라."

일리야가 말했다.

"알렉세이는 날씨 같은 사람이야. 날씨를 싫어할 수는 없잖아."

페오가 대답했다.

몇 시간 동안 큰 소리로 이런저런 훈련을 시킨 건 알렉세이지만, 정작 야나, 이레나, 일리야에게 싸우는 방법을 가르친 사람은 페오였다. 페오는 자신이 늑대와 함께 자라며 고통을 가늠하고, 견디는 법을 배웠다고 말했다.

"싸우는 것보다 중요한 건 잘 다치는 거야. 어떤 고통은 그냥 무시해도 괜찮아. 하지만 무시하면 안 되는 고통도 있어."

아이들은 손에 천을 감고 주먹질하는 연습을 했다.

"엄지손가락을 주먹 안에 넣지 마. 부러질 수도 있거든. 주먹이 상대방에게 닿을 때, 살짝 비틀어 봐. 관절을 뾰족하게 해서."

그날 저녁, 별채에 다녀 온 바실리사와 조야 자매가 새로운 소식을 전했다.

"밖에 온실이 있어! 쐐기풀뿐이지만, 어쨌든 아직 시들지 않았어."

아이들은 페오를 이끌고 온실로 향했다. 검게 그을린 온실 유리 안에 온통 쐐기풀이 가득했다. 쐐기풀은 천장에 닿을 정도로 무성하게 자라 있었다. 페오는 탄성을 내질렀다.

"이 묘목을 안으로 가져가자. 망토로 손을 감싸고 찔리지 않게 조심해."

아이들은 조심조심 묘목을 옮겼다. 페오는 그런 아이들을 보며 웃었다. 어린아이들의 눈은 영리하게 빛나는 새끼 늑대의 눈과 닮았다.

"고마워!"

페오는 어떤 식물을 뿌리째 뽑아냈다. 그리고 망토로 손을 감싼 채, 나뭇잎을 그릇에 집어넣고 그 위에 눈을 조금 덮었다.

"이 잎이 얼굴에 닿으면 잠시 동안 눈이 멀 거야. 어쩌면 며칠 동안 그럴 수도 있어."

묘목을 다 옮긴 후, 바실리사와 조야는 신이 나서 환호했다.

"너희 둘은 보기보다 훨씬 강하구나."

페오의 말에 두 소녀는 부끄러운 듯 얼굴을 붉혔다.

"사람들은 꼭 필요한 순간에 강해지는 것 같아. 지금 너희처럼 말이야. 자, 어서 가자. 알렉세이가 마을에서 감자를 몰래 가져온 것 같아. 베이컨이랑 같이 구워 먹자."

한밤중, 어린아이들을 먼저 재우려는 순간이었다. 무언가 낯선 소리가 들려왔다.

"들었어?"

페오가 클라라에게 담요를 덮어 주던 일리야에게 물었다. 하지만 쌔근쌔근 잠든 아이들의 소리밖에 들리지 않았다.

곧 다시 소리가 들렸다. 눈을 밟는 소리 같았다. 사람의 발자국 소리다.

"우리를 찾았나 봐."

페오가 속삭였다. 그러자 클라라가 잠결에 물었다.

"왜 그래?"

페오는 입을 손가락에 대고 조용히 시켰다.

"무슨 일이야?"

알렉세이는 밖이 잘 보이는 창가로 가며 물었다.

"그 사람들일까?"

알렉세이는 커튼 천을 찢어 주먹에 감으며 말했다.

"소리 들었어?"

일리야가 말했다. 발자국 소리가 더 커지며 철문이 흔들렸다.

"어두워서 아무것도 안 보이지만, 사람이야."

창문을 내다보던 페오가 말했다.

"라코프 장군일까?"

알렉세이가 물었다.

"모르겠어."

일리야는 대답했다.

"도망쳐, 페오. 늑대들을 데리고 먼저 가."

"그래. 우리가 침입자를 막을게."

세르게이가 덧붙였다. 그러자 보그단이 핀잔을 줬다.

"너 싸워 본 적도 없잖아."

"난 아직 어리잖아. 그러니까 지금 싸워 봐야 한다고."

세르게이가 대답했다.

페오는 세르게이를 안아 주고 싶었지만 꾹 참았다.

아이들은 불 붙인 나뭇가지를 들고 대리석 계단을 내려갔다. 페오가 앞장섰고, 야나가 클라라를 안고 뒤따랐다.

페오의 눈에 유리 조각이 보였다. 처음 이 성에 들어올 때 깬 창문 조각이었다.

"눈덩이 안에 유리 조각을 넣어서 던지면 어때? 누가 할래?"

당연히 세르게이가 먼저 나섰다.

"그리고 보그단, 넌 정확하게 잘 던지지?"

페오가 묻자, 보그단은 얼굴을 붉히고 코를 한 번 들이마시며 천천히 고개를 끄덕였다.

"좋아. 그리고 응접실에 쐐기풀도 있어. 그것도 눈덩이 안에 넣어.

눈덩이를 많이 만들어 놔. 잔뜩 필요할 거야. 야나, 아이들을 지휘할 수 있지? 그리고 바실리사, 조야, 내 칼 받아. 누군가 창문으로 들어오려고 하면, 이걸로 발목을 찔러 버려."

"난 못해. 무섭단 말이야."

바실리사가 중얼거렸다.

"알아, 나도 무서워."

페오는 이렇게 말하고, 몸을 굽혀 아이들과 눈을 맞추며 빠르게 말을 이었다.

"어떻게 용감해질 수 있는지 나도 모르겠어. 하지만 다 같이 힘을 모으면, 노력하지 않아도 용기가 생기는 것 같아. 그러니까 꼭 처음부터 용감할 필요는 없어. 같이 조금만 힘을 내면 돼. 그렇게 할 수 있지?"

아이들이 서로의 손을 붙잡고 비장한 얼굴로 고개를 끄덕였다.

"좋아. 곧 돌아올게."

페오는 2층으로 달려가서 벽난로 옆에 놓아둔 활을 가지고 내려왔다. 그리고 쏜살같이 주방으로 들어갔다. 일리야가 소매를 걷으며 뒤를 따랐다. 주방은 북극처럼 추웠다. 천장에 고드름이 길게 매달려 있었다.

"이거야."

페오는 고드름 하나를 뽑아서 활에 걸었다.

"봤지?"

페오는 고드름을 잔뜩 땄다. 몇 개는 끝이 뭉툭했고, 몇 개는 송곳처럼 날카로웠다. 페오는 활을 일리야에게 주며 말했다.

"이거 받아."

"그럼 너는?"

"나한테는 늑대들이 있잖아. 알렉세이, 모두를 홀로 불러 모아."

페오는 알렉세이를 향해 말했다. 알렉세이가 소리쳤다.

"모두 횃불을 들고 계단으로 와!"

아이들은 한 손에는 횃불을, 다른 한 손에는 눈덩이를 든 채, 계단으로 모여들었다. 페오는 아이들을 바라봤다. 이 아름다운 아이들이 자신을 위해 기꺼이 범죄자가 되려 하고 있다. 뜨거운 애정이 샘솟으며 콧등이 시큰해졌다.

누군가 현관을 두드렸다.

페오는 마른침을 삼켰다. 침입자가 노크를 할 거라고는 생각하지 못했기 때문이었다. 일리야는 고드름 화살을 활 위에 얹었다.

문이 열리고, 일리야는 벽을 향해 고드름 화살을 날렸다. 문을 열고 들어온 사람의 웃음소리가 군인 같지는 않았다. 그는 키가 크고 호리호리했으며, 머리는 반쯤 하얗게 샜고, 짙은 파랑 새틴 옷을 입고 있었다.

아이들이 전투 시작을 알리는 함성을 지르자, 일리야가 급히 소리쳤다.

"공격하지 마. 사격 중지!"

"뜻밖의 광경인걸. 소년 하나를 찾으러 왔는데, 군대를 만났군."

낯선 사람은 반지를 잔뜩 낀 손을 머리 위로 올리며 말했다. 남자는 횃불을 들고 계단 위에 줄지어 선 아이들을 바라보았다. 그리고 아직도 금박을 붙인 늑대들도 쳐다봤다.

"여기는 무슨…… 극단 같은 곳인가?"

"아니요. 잘못 찾아오신 것 같아요."

일리야가 대답했다. 갑자기 남자의 표정이 밝아졌다. 남자는 아직도 활에 고드름을 걸고 있는 일리야를 향해 환하게 웃었다.

"아니야. 잘 찾아왔어! 나는 너를 찾으러 왔단다."

🐾 🐾

남자의 양말에 쐐기풀을 넣으려는 세르게이를 말리고, 다른 아이들을 잠자리로 보내기까지 한참 걸렸다. 정리를 끝내고 작은 응접실에 앉았을 때는 벌써 밤이 깊은 시각이었다. 응접실의 분홍색 벽은 시꺼멓게 그을렸지만 천장에는 미소 지으며 내려다보는 아기 천사들이 있었다. 구석에는 피아노도 한 대 있었다. 페오가 쐐기풀 차를 끓여 내왔지만 남자는 의심스럽다는 듯 찻잔을 멀찌감치 밀어 뒀다.

페오와 일리야는 양반다리를 하고 바닥에 앉았다. 남자도 바닥에 앉았지만, 익숙하지 않은 듯 어색해 보였다. 블랙은 문 앞에서 남자를 지켜보고 있었다.

"아마 알겠지만, 내 이름은 다리케프란다."

"다리케프?"

일리야는 페오와 남자를 번갈아 쳐다보더니 다시 말했다.

"이고르 다리케프?"

"그게 누구야?"

페오가 물었다.

"그게 나야. 이야기가 겉도는군. 우리가 마지막으로 만났을 때, 내가 자네를 따라갔지."

"음, 네. 죄송해요."

"자네를 잡아먹거나 체포하려던 건 아니었어."

"그럼 이곳에 오신 이유가 뭐예요?"

페오가 물었다.

"이 젊은이에게 발레 학교 입학을 제안하러 왔다네. 내가 이런 풀차를 마시러 여기까지 왔다고 생각하는 건 아니겠지?"

신사의 점잖은 목소리와 세련된 옷차림이 눈에 띄자 페오는 갑자기 부끄러워졌다. 하지만 용기를 내어 물었다.

"일리야가 발레를 아주 잘하나요?"

"아니. 그렇지 않아."

신사가 말했다. 일리야는 하얗게 질려서 고개를 떨궜다.

"하지만 선생님께서……."

"지금은 잘하지 않아. 하지만 엘레바시옹을……."

페오가 고개를 절레절레하며 물었다.

"그게 무슨 말이에요?"

신사는 한 손을 머리에 얹고 말했다.

"그러니까, 저 아이가 아주 높이 뛸 수 있다는 말이야. 학교에 있는 어느 누구보다 더 높이 뛰더구나. 아마 니진스키* 이후, 가장 높이 뛰는 사람일 거야."

"그럼 유명해지겠네요!"

"아마도 그럴 거야. 그렇지 않을 수도 있지만."

신사는 발을 몸 쪽으로 끌어당겼다.

"아주 고된 훈련이 필요해. 하지만 그 훈련을 감내할 생각이 있다면, 연습할 장소를 주겠네. 어떤 사람은 돈을 많이 벌기도 하지만, 대부분의 사람들은 그렇지 못해. 무용수들이 언제나 존경을 받는 것도 아니야. 결혼을 못 하기도 해."

일리야는 입술을 만지작거렸다.

---

* 바츨라프 니진스키(1890~1950). 소련의 발레 무용가이자 안무가. 역사상 가장 재능 있는 남성 무용가로 꼽힌다.

"그건 상관없어요. 저는 어차피 결혼하지 않을 거예요."

신사는 고개를 끄덕였다.

"발에서 피가 나고, 매일 통증을 느낄 거야. 몸이 아프지 않은 날에는 머리가 아플 거야. 이 모든 걸 받아들여야 해. 무용수가 되려면 우리 역사와 춤과 공연 뒤에 숨겨진 이야기들도 알아야 해. 고된 일이지."

신사는 반지를 낀 손으로 다른 한 손을 탁탁 치며 말했다.

페오는 빙그레 웃었다. 늑대와 함께 사는 것과 비슷한 일이라는 생각이 들었기 때문이었다. 일리야도 페오를 보고 웃었다.

"하지만 자네는 평생 동안 수만 명의 사람들 앞에서 춤을 출 수도 있어. 춤을 잘 춘다면, 대중들은 자네를 잊지 않을 거야. 몸으로 표현하는 새로운 언어에 능숙해져야 해. 수천 명의 아이들이 자네의 발이 들려주는 이야기에 집중할 거야. 그리고 다른 사람들의 꿈을 눈앞에서 실현시켜 줘야 해. 알겠나? 사람들은 발레에 대해 더 많이 알기 위해 공연을 보러 오지. 자네는 강해져야 해."

"페오처럼 강해져야 하나요?"

일리야가 물었다.

"아마도. 그런데 페오가 누구인가?"

"저예요."

페오가 작은 목소리로 대답했다.

"아, 늑대를 데리고 다니는 아가씨로군. 자네에 대한 소문을 들은 적이 있어. 그래, 이 소녀만큼 강해져. 그래서 어떻게 할 생각인가? 나와 함께 가겠나? 성문 밖에서 마차가 기다리고 있어."

일리야는 페오에게 손을 뻗었다. 페오는 일리야의 손을 꼭 잡아 주었다.

"너는 여섯 살 때부터 늑대와 함께했다고 했지? 나는 여섯 살 때 처음으로 발레를 봤어. 아마 아주 좋은 공연은 아니었을 거야. 발레 복에 얼룩이 묻어 있었거든. 무용수들은 장갑을 끼고 있었는데 몇몇 은 한 박자씩 느렸어. 하지만 무대의 모든 것이 내 마음을 사로잡았 어. 네가 늑대들을 만났을 때처럼 말이야."

"그렇다면 뭘 망설이는 거야?"

페오는 일리야에게 입이 아프도록 활짝 웃어 주었다. 하지만 일리 야가 다리케프 아저씨를 향해 돌아서 말했다.

"저는 갈 수 없어요. 지금은 안 돼요."

"부모님께 허락을 받아야 하니? 우리가 받아 줄 수 있어. 학생들의 일을 처리하는 담당자에게 맡기면 돼."

"아빠는 신경 쓰지 않으실 거예요. 하지만 저는 여기 남아서 할 일 이 있어요."

다리케프 아저씨는 눈썹 끝을 치켜 올렸다.

"진심으로 발레를 원하지 않는 사람과 낭비할 시간은 없어. 지금 함께 가지 않으면 거절의 뜻으로 알겠다."

"하고 싶지 않은 게 아니에요. 정말이라고요. 하지만 지금은 갈 수가 없어요."

페오는 일리야를 창가로 끌고 갔다.

"일리야, 지금 뭐 하는 거야? 너는 가야 해. 우리는 네가 없어도 충분해."

"내가 가 버리면 좋겠어? 나는 우리가 친구라고 생각했는데……."

"물론 네가 있는 게 좋지!"

페오는 뭐라고 설명하면 좋을지 고민했다. 하지만 군가에 맞춰서 우아하게 춤출 줄 알고, 추위를 두려워하면서도 불평 한마디 없이 자신을 따라와 준 친구에게 해 줄, 마땅한 말이 없었다.

"너는 우리 무리에 들어왔어. 나와 블랙과 화이트, 그리고 새끼 늑대가 함께한 무리에. 그리고 그레이는 네가 등에 올라타는 것도 허락해 줬지. 그 사실만으로도 너는 우리와 한 식구인 거야."

"그래. 그러니까 같이 있어야지."

"하지만 저 분은 지금 너에게 중요한 제안을 했어. 네가 하고 싶어 하는 일을 할 수 있게 해 주신다잖아. 너에게 새로운 인생을 제안하는 거야."

"아니. 둘 중 하나를 선택해야 한다면, 나는 너랑 늑대들을 선택할 거야."

"내가 다리케프 아저씨를 한 대 치면 네가 이곳에 좀 더 머물 수 있게 허락해 줄까? 아니면 늑대들이 치는 건 어때? 늑대들도 할 수 있을 거야. 늑대들은 너를 돕고 싶어 하니까."

그때 페오의 등 뒤에서 크게 웃는 소리가 들렸다. 다리케프 아저씨가 소리 없이 아이들에게 다가와 있었다.

"그럴 필요 없어."

페오는 얼굴을 붉히며 중얼거렸다.

"그냥 생각해 본 거예요."

"나는 아주 의심이 많아. 그러니까 늑대들의 일에는 간섭하지 않겠네. 자네가 저 짐승들을 도와야 한다면, 가 보게. 3일의 시간을 주겠네. 3일 후, 학교 정문으로 와서 이고르를 찾아. 그러면 직원이 알아서 해 줄 걸세. 머리는 좀 잘라야겠군. 그리고 학교에 올 때에는 늑대들을 두고 오면 좋겠어. 그러면 이만 가 보겠네. 설마 밖에서 쐐기풀을 든 아이들이 기다리는 건 아니겠지?"

🐾 🐾

페오는 그날 밤 거의 잠을 자지 못했다. 새벽이 되자마자 아이들을 깨웠다.

"그…… 남자는 어떻게 됐어?"

세르게이가 잠에 취해 물었다.

"일리야가 해결했어. 자, 어서 일어나. 이제 라코프 장군을 잡으러 가야지!"

페오가 말했다.

15장 혁명의 날

대망의 목요일이 되었다. 상트페테르부르크 성문에 도착한 아이들은 공포에 질린 표정을 지었다. 표정은 아주 생생했다. 전날 수도 없이 연습했기 때문이다.

"늑대다! 늑대!"

아이들이 울부짖었다.

"뭐라고? 어디?"

경비군들이 두리번거렸다.

"저기예요! 우리 뒤를 쫓아오고 있어요."

열일곱 살 정도 되어 보이는 예쁜 소녀는 한 팔에 아이를 안고 다른 한 팔로 다급하게 경비군을 붙들었다.

"나무 사이에요! 저기 보세요! 어서 저희를 안으로 들여보내 주세요. 빨리요!"

경비군이 성문을 열자 10여 명의 아이들이 비명을 지르며 안으로 들어갔다. 붉은 망토를 두르고 남자 부츠를 신은 소녀가 앞장섰다. 앞니 빠진 소년이 '들어간다!'라고 외치려는 순간, 어떤 손이 불쑥 나와 그 입을 틀어막았다. 경비군들은 총을 장전하고 숲에서 튀어나올지도 모르는 짐승을 찾느라 바빴다.

"해충, 장군님은 늑대를 그렇게 부르지. 이빨 달린 해충."

한 경비군이 중얼거렸다.

하지만 불과 30분 전, 소년 병사가 금박으로 치장한 거대한 두 마리 짐승을 데리고 자신들을 지나쳐 간 사실은 생각도 못했다. 심지어 경비군들은 소년 병사의 경례를 받아 주기까지 했다. 기쁨과 환희로 빛나는 소년 병사의 표정 역시 전혀 알아차리지 못했다.

페오와 아이들은 성 베드로 광장에서 일리야를 기다렸다. 성당의 금빛 지붕에 반사된 햇빛이 광장 안을 가득 채웠다. 며칠 전에 페오 일행을 빤히 쳐다보던 아이들이 오늘도 나와 쳐다봤다. 마치 그동안 꼼짝도 않고 그 자리에만 있었던 것 같았다. 알렉세이는 아이들 사이로 들어가 소곤거리고, 막대기를 나누어 주고, 농담을 던지며 어깨를 툭 치기도 했다. 알렉세이는 추운 날씨에 얇은 옷을 입고 모자도 쓰지 않았지만 평소보다 환하게 웃고 있었다.

페오는 땋은 머리를 풀고 늑대 냄새가 밴 원래 옷으로 갈아입었다. 그러자 비로소 자신으로 돌아온 것 같았다. 생각보다 떨리지 않았다. 블랙은 몸을 흔들어 몸에 감긴 체인을 벗어 버리고 페오에게 달려와 손과 신발을 핥았다. 페오가 블랙과 화이트를 쓰다듬자 털 위의 금가루가 반짝였다.

갑자기 광장에 모인 아이들이 소리치고 웅성거리기 시작했다.

"어이!"

그리고 어른 한 명이 등장했다. 그리고리 아저씨였다. 아저씨는 분노에 차 수염을 흔들며 앞으로 나갔다.

"너희가 무슨 일을 벌이고 있는지 알기는 하니?"

그리고리 아저씨는 세르게이에게 바짝 다가갔다.

"지난 3일 동안 온 숲을 뒤졌어. 사샤가 너희가 이곳에 왔을지도 모른다고 했지. 그동안 대체 어디에 있었던 거냐?"

그리고 더 많은 마을 어른들이 나왔다. 어른들이 바실리사와 조야를 낚아채듯 안자, 두 아이는 깜짝 놀라 울음을 터트렸다.

"이런, 문제가 생겼군."

알렉세이가 난처한 표정을 지으며 말했다.

그때 사샤가 벤치에 올라서서 소리쳤다.

"그리고리 삼촌, 조용히 해 주세요. 제발 한 번만이라도요. 지금 마을 사람들 모두 걱정 때문에 제정신이 아니죠. 그렇다고 우리가 삼촌에게 소리치지는 않잖아요. 우리는 여기 도우러 온 거예요. 페오를, 그리고 정신 나간 제 동생을 도우려고요. 우리는 라코프 장군에 맞설 거예요. 이제 때가 됐어요. 라코프 장군에 맞서 싸울 때가요!"

페오와 아이들 일당은 하늘을 찌를 듯한 환호성을 질렀다.

"무슨 말이든 해 봐. 페오, 사람들이 너를 보고 있어. 싸우려면 저 사람들이 필요해. 아무 말이나 해!"

알렉세이가 다그쳤다.

"하지만 부끄럽단 말이야."

"부끄러울 겨를이 없어. 그런 감정은 사치야!"

알렉세이는 사람들을 향해 고함쳤다.

"여러분! 이 아이의 말을 들어 보세요!"

사람들이 페오를 성당 계단 제일 위층으로 밀어 올렸다. 그리고 그 아래에서 조용히 기다렸다.

"무슨 말을 해야 할지 모르겠어요. 음, 이곳에 와 주신 모든 분께 감사해요. 하지만……."

페오는 사람들의 시선이 부담스러웠다. 눈에 뜨거운 눈물이 가득 차올랐다. 애써 눈물을 삼키고 떨리는 목소리를 진정시키며 알렉세이에게 말했다.

"어떻게 하는지 모르겠어."

그때, 비명과 함께 군중 사이가 갈라지고 아름답고 용맹한 두 마리의 늑대가 나타났다. 블랙과 화이트는 성당 돌계단을 올랐다. 그리고 양옆에 앉아 페오를 지켜보았다. 늑대들의 머리에 두 손을 올리고 심호흡을 하자 페오에게 새로운 용기가 솟아났다. 페오는 손을 들어 흐르는 눈물을 닦아 냈다.

"알렉세이는 저에게 혁명을 시작하라고 했어요. 그리고 이제, 그렇게 해 보려고 해요. 죽기 직전까지 싸울 거예요. 하지만 이 싸움을 시작한 사람은 제가 아니에요. 미카일 라코프 장군이 이 모든 걸 시작했죠. 라코프 장군은 밤중에 찾아와서 집에 불을 질렀어요. 그리고 저희 엄마를 잡아갔어요. 엄마가 무서웠기 때문이죠. 라코프 장군은 엄마가 자신을 두려워하지 않는다는 사실에 겁먹었던 거예요."

페오는 잠시 말을 멈추고 마음을 가다듬었다.

"그리고 3일 전, 장군은 저의 가장 친한 친구를 총으로 쏘아 죽였습니다."

사람들 사이에서 웅성웅성하는 소리가 났다. 남자들 몇 명은 앞으로 나와 길 한가운데에 섰다.

"제 친구는 늑대였어요."

몇몇 사람들이 웃었지만 페오는 진지한 표정으로 말을 이었다.

"제 친구는 세상에서 가장 용감하고 똑똑한 늑대였어요. 그렇기 때문에 이제 저는, 제 친구의 몫까지 더 용감해져야 해요. 우리 모두 알다시피 라코프 장군은 툭하면 불을 질러요. 하지만 제 친구 늑대는 가슴속에 불을 지니고 있었어요. 라코프 장군은 살아 있는 생명체의 마음속에 타오르는 불을 두려워해요."

지나가던 수녀님 몇 명이 걸음을 멈추고 옷깃을 여몄다.

"그뿐만 아니라 라코프 장군은 먹을 것과 잘 곳을 빼앗아요. 그리고 우리가 사랑하는 사람들을 데려가지요. 라코프 장군 때문에, 그 사람의 총 때문에, 앞으로 얼마나 더 많은 사람이 고통받으며 살아가야 할까요?"

한 수녀님이 응원의 말을 던졌다.

"라코프 장군은 우리의 미래를 빼앗아 가려고 하죠. 우리의 미래는 우리 스스로의 힘으로 지켜야 해요. 그러려면 우리 모두 힘을 모아야 해요."

사샤가 바바라를 높이 들고 무어라 외쳤지만 잘 들리지 않았다. 아기는 신이 난 듯 소리를 질렀다.

"라코프 장군은 우리 엄마를 죽이려고 해요. 바로 오늘, 제게서 엄마를 영원히 빼앗아 갈 작정이죠. 하지만 저는……."

페오는 눈을 가린 머리를 쓸어 넘기고 어깨를 폈다.

"저는 늑대 소녀예요. 라코프 장군 따위, 무섭지 않아요."

마지막 말은 거짓말이었다. 하지만 함성이 터져 나와 광장을 뒤흔들었다.

"라코프 장군은 저 때문에 한쪽 눈을 잃었어요. 하지만 그 사람은 줄곧 눈이 멀었었죠. 진실을 보려 하지 않았으니까요. 그 사람보다 우리 편에 선 사람들이 더 많다는 것을, 우리 가슴속에 있는 불이 그 사람이 지른 불을 무찌를 수 있다는 것을, 사랑은 언제나 두려움을 이긴다는 것을, 그리고 우리 옆에는 우리를 도와줄 늑대들이 있다는 것을요!"

한 수녀님이 응원하려고 주먹 쥔 손을 높이 들어 올리려다 앞에 있던 주방장의 모자를 쳐서 떨어트리고 말았다.

"저는 혁명을 원하지 않았어요. 엄마를 되찾으려는 생각밖에 없었죠. 아무것도 변하지 않기를 바랐어요. 그리고 알렉세이, 사실 네가 혁명 이야기를 할 때 좀 짜증이 나기도 했어. 혁명가가 귀찮은 사람들이라는 것도 알게 됐고."

페오가 알렉세이에게 활짝 웃어 보이며 말을 이어 갔다.

"라코프 장군이 저희 가족만 괴롭힌 건 아니에요. 그 사람은 야나의 오빠 폴을 잡아갔어요. 그건 야나의 일부를 빼앗은 거나 다름없어요. 여덟 살밖에 안 된 세르게이의 일부를 빼앗은 것이기도 하고요."

"아홉 살이야!"

세르게이가 소리쳤다.

"거의 아홉 살이야. 일주일 뒤에 아홉 살이 되거든."

그리고리 아저씨는 웃으며 아들의 머리를 살짝 쳤다.

페오는 세르게이의 말을 듣지 못한 채로 계속했다.

"라코프 장군은 자신이 원하는 것은 뭐든 가져가요. 그 사람은 공포가 세상에서 가장 강력하다고 생각하죠. 공포심을 심는 게 세상에서 가장 효과적인 위협이라고 믿어요. 우리가 용감하게 나서기보다는 안전하게 물러서 있고 싶어 한다고 생각하는 거예요. 하지만 그 사람은 제 친구 그레이의 목숨을 앗아 갔어요."

페오는 광장을 둘러보았다. 수많은 얼굴이 자신을 올려다보고 있었다.

"이제 저는 대담해질 거예요. 라코프 장군에게 더 이상 아무것도 뺏기지 않겠다고 말해야 해요. 한 사람의 힘으로는 할 수 없을지 몰라요. 하지만 우리가 힘을 모으면, 어린이들까지 모두 힘을 모으면, 우리는 잃어버린 것들을 되찾을 수 있어요. 그가 불러일으킨 공포심을 잠재울 수 있어요. 이길 수 있을지 확신할 수는 없지만, 시도해 볼 권리는 있어요. 어른들은 저희에게 가만히 있으라고, 항상 조심하라고 말씀하시죠. 하지만 우리에게는 우리가 살아갈 세상을 위해 싸울 권리가 있어요. 그 누구도 우리에게 가만히 있으라고, 그게 더 안전하다고 말할 권리는 없어요. 그러니까 우리 모두, 나가서 싸웁시다!"

일리야는 함성을 크게 지르다가 숨이 막혀 캑캑거렸다. 알렉세이가 등을 쳐 주었는데, 그 때문에 놀라 더욱 캑캑거리고 말았다. 알렉세이는 웃으며 일리야의 등을 더 두드려 주었다.

페오는 말을 이어 나갔다.

"라코프 장군은 우리가 할 수 있다고 생각하지 않아요. 가만히 앉아서 기다리기만 할 거라고 생각하죠. 손을 무릎 위에 얹은 채, 다음 차례가 내가 되지 않기를 바라면서요. 우리가 용감하지 않다고 여기는 거예요. 이제 우리가 용감하다는 걸 보여 줄 때예요. 늑대들처럼요!"

늑대들은 그 말을 알아들었는지 갑자기 일어서서 하울링을 했다. 그 소리 너머로 페오가 외쳤다.

"라코프 장군에게 당신이 데려간 영혼들을 위해서 기도하겠다고 말해요! 우리가 당신의 악행을 끝내겠다고 이야기해요! 우리 몸속에 대지가 있고, 우리 발에는 불이 있어요. 이제 우리 이야기를 영원히 바꿀 차례예요!"

함성이 터져 나와 광장과 길을 가득 메웠다. 도시의 아이들은 바람 소리를 들은 늑대처럼 귀를 쫑긋 세우고 주위를 두리번거렸다.

일리야는 목이 멘 듯한 목소리로 함성을 질렀다. 그리고 군중 제일 앞에 서서 감옥으로 향했다.

"라코프 장군, 빨리 도망가 숨는 게 좋을걸. 나를 얕보면 큰코다친다는 걸 톡톡히 알려 주지! 감히 대중이 나약하다고 말하다니, 네가 나약하다고 생각했던 그 사람들이 주먹을 쥐고 너에게 간다!"

일리야가 제자리에서 빠르게 돌자 신발 바닥에서 불꽃이 튀는 것 같았다. 일리야는 따라오는 사람들의 모습이 보이자 돌기를 멈췄다. 그리고 달리기 시작했다.

늑대들이 전속력으로 내달리고, 군중이 그 뒤를 따랐다. 페오는 전

력질주하는 블랙의 등 위에 겨우 매달려 있었다. 바람에 나부끼는 머리카락이 옆 사람의 얼굴을 때렸다. 세르게이는 여덟 살이 낼 수 있는 가장 큰 고함을 지르며, 페오를 따라 달렸다.

페오는 블랙의 옆구리를 쳐 속도를 높였다. 아이들은 폰탄카 강 옆의 대로변을 따라 달렸다. 노래를 부르고, 소리를 지르며, 손에 손을 잡고, 눈을 맞으며 페오의 뒤를 따랐다. 아이들은 한껏 고조되어 힘차게 소리를 질렀다. 그 함성을 들은 도시 아이들이 길가에 나와서 행진하는 모습을 지켜봤다. 금빛 늑대와 그 등에 매달린 소녀가 긴 머리를 휘날리며 앞장섰고, 수백 명의 사람들이 그 뒤를 따랐다. 환호성을 지르는 아이들과 어른들로 길이 가득 메워졌다. 일리야는 차이코프스키의 노래를 흥얼거리며 바실리사, 조야와 함께 달렸다.

길 한쪽에서 목욕을 하던 아이들은 목욕을 멈추고 붉은 속옷을 깃발처럼 휘두르며 대열에 합류했다. 페오가 감옥 앞의 모퉁이를 돌 때, 약 300명의 사람들이 페오의 뒤를 따르고 있었다.

감옥 앞에서 경비를 서던 군인이 멍한 채로, "백작 아가씨?" 하며 중얼거렸다.

곧 블랙이 경비원을 제치고 쏜살같이 안으로 들어갔다. 300명의 군중도 경비군을 밀치며 따라갔다. 감옥 창문에서 죄수들이 불쑥 얼굴을 내밀었다.

알렉세이는 기둥 위에 올라가서 군중을 향해 외쳤다.

"문을 열어요! 창문을 다 깨 버려요! 각각 흩어져서 경비군과 교도 관을 따돌려요!"

감옥 곳곳은 아수라장이었다. 고요하던 세상이 60초 만에 대혼란 에 빠졌다. 보그단은 대리석 계단 위에서 춤을 췄고, 세르게이는 추 격하는 군인을 피해 배수관을 타고 올라갔으며, 수녀님들은 경비군 들을 향해 주먹을 날렸다. 사람들이 내지르는 함성이 분노의 오케스 트라를 이루며 울려 퍼졌다.

페오는 일리야가 지난밤에 알려 준 길로 향했다. 10여 명의 경비군 은 페오와 폭도들의 뒤를 쫓았다. 몇몇은 아직도 입에 점심 식사가 남은 채였고, 한 명은 허겁지겁 단추를 잠그며 복도를 뛰고 있었다. 하지만 군인들은 두 마리의 늑대와 한 소녀를 알아채지 못하고 다른 방향으로 가 버렸다. 페오는 머리를 휘날리며 빠르게 걸었다. 북쪽 건물 벽은 군데군데 페인트가 벗겨진 상태였다. 좁은 복도 벽을 따 라 철문이 줄지어 있었다. 페오는 속도를 냈다. 블랙과 화이트는 코 가 바닥에 닿을 듯이 자세를 낮추고 뒤를 따랐다.

모퉁이를 돌자마자 페오는 그 자리에서 얼어붙었다. 경비군 한 명 이 복도 한가운데 서서 총으로 페오의 가슴팍을 겨눴다. 페오는 늑 대의 목덜미를 붙잡아 뒤로 끌었다.

"멈춰!"

"가만히 있을게요. 보세요."

페오는 양손을 천천히 머리 위로 들었다.

"움직이지 마!"

페오는 침을 꿀꺽 삼켰다.

"아저씨한테는 총 한 자루가 있어요. 하지만 제게는 늘대 두 마리가 있지요. 늘대에게 물리면 총에 맞는 것보다 더 아파요. 저한테 열쇠를 주고 도망가는 편이 낫지 않을까요?"

군인은 계속 노려보기만 했다. 갑자기 페오의 머릿속에 몇 주 전, 집에 엘크를 운반해 온 그 젊은 군인과 같은 사람이라는 생각이 떠올랐다. 심한 부정교합 때문에 기억하고 있었다. 군인은 입을 꼭 다물지 못하고 살짝 벌린 채 페오를 쏘아봤다.

"그 늘대 소녀지?"

"맞아요."

페오는 뒤를 가리켰다.

"밖의 군인들은 아저씨의 도움이 필요할 거예요."

그때 창문이 깨지는 소리가 들렸다.

"그리고 아저씨는 늘대에게 잡아먹힐지도 몰라요. 아마도요."

페오는 으르렁대는 늘대를 흘끗 보며 계속했다.

"아니, 분명히 잡아먹힐 거예요."

군인은 일리야가 복도를 달려오는 동안에도 계속 망설이고 있었다. 일리야는 대리석 바닥에 몸을 던졌다. 그리고 러시아의 어느 무용수보다 높이 날아올라 경비군의 어깨를 찼다. 일리야와 군인, 두 사람이 동시에 비명을 지르며 쓰러졌다. 페오는 재빨리 달려가서 열쇠를 낚아채고 권총을 주워 들었다. 생각보다 묵직했다.

"이제는 늑대 두 마리에 총 한 자루도 있어요."

페오는 떨렸지만, 침착하게 경비군의 머리에 총을 갖다 댔다.

"그리고 발레리노 한 명과 울프 와일더 한 명도 있지. 어서 저리 가 버려!"

경비군은 겁에 질려 마구 넘어지며 도망쳤다.

페오는 감방의 문을 하나씩 열기 시작했다. 첫 번째 방은 비어 있었다. 두 번째 방에는 프랑스 말로 중얼중얼하는 나이 든 여자가 있었다. 옆방으로 옮겼다. 다음 방도 비어 있었다. 방 안에는 단출한 나무 의자와 양동이 하나만 보였다.

"일리야!"

페오는 열쇠 꾸러미를 뒤적였다.

"이 열쇠를 가지고 다음 복도에 가서 문을 열어 줘. 총도 줄게. 난 총이 싫어."

"그래."

일리야는 열쇠를 받아 들고 모퉁이를 돌아 사라졌다.

"일리야, 조심해! 라코프 장군이 어디에 있을지 몰라."

페오가 소리쳤다.

페오는 계속해서 네 번째, 다섯 번째 문을 열었다. 그리고 다섯 번째 방에서 동작을 멈췄다. 심장이 바닥으로 떨어지는 것 같았다.

나무 의자에 미카일 라코프 장군이 앉아 있었다. 그 사람은 군복을 갖춰 입고 허벅지까지 붕대를 감은 상태였다. 얼굴은 멍들고 부풀었으며, 죽어 가는 사람처럼 잿빛이었다. 페오를 보자 하나 남은 눈을 크게 뜨고 입꼬리를 올렸다.

페오는 피가 차갑게 식는 것 같았다. 다리에 힘이 풀렸지만 바닥에 주저앉지 않으려고 안간힘을 썼다.

"다시 만나게 됐군."

라코프 장군이 말했다.

"여기 숨어 있었군요."

페오는 나직이 내뱉었다.

"폭도들 앞에 끌려가고 싶지는 않았어. 그들은 내가 이 나라를 위해 얼마나 위대한 일들을 했는지 전혀 이해하지 못해."

라코프 장군은 냉소적인 웃음을 지으며 몸을 일으켰다.

"내가 불로 세상을 얼마나 깨끗하게 정화하고 있는지 전혀 알지 못한다고."

바깥에서 일리야가 계속 문을 여는 소리가 들렸다. 목소리를 높여 도움을 외칠까 생각했지만, 사람들의 함성에 묻혀 들리지 않을 것 같았다.

"넌 정말 지긋지긋한 애야."

라코프 장군은 페오에게 다가와 내려다보았다. 페오는 그처럼 냉혹한 눈을 본 적이 없었다.

"이렇게 어린아이가 슬프고 비극적인 끝을 맞이하는구나."

장군은 권총을 들었다.

"하지만 인생은 원래 슬픈 것이지."

"아니요."

페오의 목소리에 이어 블랙이 공기가 울릴 정도로 크게 으르렁거렸다. 화이트도 따라서 으르렁거리기 시작했다. 실로 위협적인 짐승의 소리였다.

"늑대들은 당신을 알아봐요."

"늑대들도 나를 이해하지 못하지."

라코프 장군이 입을 연 순간, 블랙이 라코프 장군의 손에 이를 깊숙이 박아 넣었다. 방아쇠가 당겨졌지만 블랙은 라코프 장군의 손을 놓지 않고 흔들었다. 순간 화이트가 페오에게 달려들어 둘이 함께 벽에 부딪쳤다. 순식간에 벌어진 일이었다.

정신을 차리고 나서 보니, 라코프 장군은 권총으로부터 좀 떨어진 곳에 처박힌 채로 입이 찢어질 듯 웃고 있었다.

"네가 무슨 짓을 저질렀는지 알기나 해? 이 늑대들 저리 치워. 바보 같으니라고. 나에게 손끝 하나라도 댔다가는 큰일 날 줄 알아. 처형

당할 거다."

자신만만한 목소리였다.

"하지만 당신이 먼저 저를 죽이려고 했잖아요. 그런 협박, 무섭지 않아요."

"너는 세상이 돌아가는 방식을 전혀 모르는구나."

그리고 자신에게 다가오는 늑대들을 바라보며 말을 이었다.

"너 따위가 감히 이해하지 못하겠지."

"아니요. 충분히 이해해요."

페오는 어지러웠지만, 몸을 숙이고 앞으로 가서 권총을 집어 들었다. 그리고 한 발짝 뒤로 물러섰다.

"특히 최근 며칠 동안 더 많은 것들을 이해하게 됐죠. 중요한 것들을 알게 됐어요."

"당장 이 늑대들을 물러나게 해. 그렇지 않으면 너는 감옥에서 평생을 썩게 될 거야."

"그럴 것 같지 않은데요?"

"당장!"

"이 늑대들은 야생 동물이나 다름없어요."

복도 저 끝에서 무슨 소리가 들려왔다.

"늑대들이 항상 제 말을 따르는 건 아니라고요."

일리야가 내지르는 기쁨의 함성이었다. 페오는 침을 삼켰다. 손에 땀이 났다.

"처벌을 받게 될 거야. 그렇지 않고는 곱게 죽지 못할걸."

라코프 장군이 벽을 쳤다.

"당신은 이미 사람을 죽였어요. 야나의 오빠 폴을 죽였죠. 그리고 수백 명의 사람을 불태워 버렸어요. 추위에 얼어 죽게 내버려 둔 사람도 있고, 나이 든 군인들을 죽이기도 했지요. 단지 심심풀이로요."

페오는 라코프 장군의 발에 침을 퉤 뱉었다. 라코프 장군은 움찔하며 뒷걸음질 치다가 벽에 등을 부딪쳤다.

"그리고 그레이를 죽였어요."

페오는 라코프 장군의 가슴팍에 총을 겨눴다.

"나는 장군이야. 황제가 총애하는 군인이라고! 내가 지켜야 하는 법은 달라. 성경책 구절을 생각해 봐. '살인하지 말라.'"

라코프 장군은 이마에 실핏줄이 튀어나온 채, 눈을 부릅뜨고 페오를 노려봤다. 장군의 눈 속에서 어떤 의심도, 후회도 느껴지지 않았다.

늑대들은 목덜미의 털을 바짝 세우고 온몸으로 분노를 뿜어내고 있었다.

"늑대들은 성경책을 읽지 않아요. 그리고 이제 당신의 운명은 이 늑대들에게 달렸죠."

페오는 방에서 나왔다. 그리고 권총을 버리고 뛰기 시작했다. 계단을 오르고, 복도를 달렸다. 광기 어린 웃음소리가 뒤를 따라왔다. 모퉁이를 돌자, 복도 끝에 두 사람이 보였다. 일리야와 눈가에 네 개의 발톱 자국이 난 여자가 손을 잡고 있었다. 눈표범과 성녀의 얼굴을 반반씩 가진 사람이다.

여자는 울음을 터트리며 팔을 벌렸다. 페오는 "엄마!" 하고 외치며 달려가 안겼다. 가슴이 먹먹할 정도로 아팠다.

🐾 🐾

몇 시간이 지난 후에야 페오와 엄마는 둘이서 이야기를 나눌 수 있었다. 라코프 장군의 운명은 도시 사람들에게 빠르게 알려졌다. 소식이 성 베드로 광장에 가 닿자, 함성이 울려 퍼졌다. 페오 일당뿐만 아니라 황제의 군인들도 함께 기뻐했다. 군인들은 군복에 달린 금빛 단추를 떼어 하늘에 휘날렸다.

페오와 엄마는 손을 잡고 행진하는 군중을 지나, 기둥 위에 올라서 기쁨에 찬 연설을 하는 알렉세이를 지나, 다른 소년들과 함께 카자흐스탄 춤을 추는 일리야를 지나 천천히 걸었다. 야나의 무릎 위에 새끼 늑대를 안은 클라라가 앉아 있었다. 페오는 새끼 늑대를 받아 들고 다시 마을을 찾아오겠다고 약속했다. 수많은 아이들이 손을 뻗어 페오의 붉은 망토를 만졌다. 페오와 엄마는 지키는 사람이 없는 성문을 지나 계속 계속 걸었다. 노랫소리와 함성 소리가 등 뒤에서 점점 작아졌다.

페오는 엄마에게 썰매를 보여 주었다. 블랙의 눈썹 위에 여전히 금박이 붙어 있었다.

"책에서 떼어 낸 금박이에요. 오래가네요."

모녀는 시끌벅적한 도시를 등지고 눈길 위에 섰다.

"우리 어디로 갈까? 이제 어디든 갈 수 있어. 숲으로 갈까, 아니면 모스크바로 갈까?"

엄마가 말했다.

"일단 잠을 자고 싶어요. 제가 아는 곳으로 가요. 그리고 뭘 좀 먹어요."

갑자기 배가 몹시 고팠다.

"그리고 내일, 어디로 갈지 늑대들에게 물어봐요."

🐾 🐾

옛날 옛날에, 어둡고 거친 성격의 소녀가 살았다.

소녀는 버려진 성에서 엄마와 함께 살았다. 불이 난 적이 있었지만, 매우 깨끗한 성이었다. 성 안에서 언제나 향신료와 뜨거운 스튜, 말린 고기 냄새가 났다.

소녀의 방은 서쪽 건물에 있었다. 색색의 물감으로 창문을 칠해서 해가 질 때면 방이 아름다운 색으로 물들었다.

그 옆방은 방학 동안에만 찾아오는 소년을 위한 방이었다. 거울에 발레 슈즈가 매달려 있었다.

성의 무도회장에는 세 마리의 늑대가 살았다. 한 마리는 새하얗게 빛났고, 한 마리는 칠흑같이 어두웠다. 다른 한 마리는 아직 몸집이 작고 털이 얼룩덜룩했다. 하지만 작은 늑대의 가슴팍 털은 뚜렷한 빛을 띠는 회색이었다.